EVERIGHT BOOK 永正图书

ENJOY LIFE

ENJOY READING

来时不惧 去时无伤

Love makes you grow up

徐温婕 著

中国友谊出版公司

CHEERS × CHEERS

我隔空举杯，

敬，

那些眼光独到、有伤口的女孩！

写在最前面的话：
有我的陪伴，不再让你孤单

2014 年 8 月份左右，我在人人网上发了一篇文章《换你一份舍得》，转载之迅速超乎想象。更让我意外的是，几天之后，这篇文章被命名为“太懂事的姑娘，大都没什么好下场”登上了新浪微博的热搜榜。

在我主页的这篇文章下面，四千多人点赞，一万余人转发，还有一百多条留言几乎都是铺天盖地的谩骂，个中缘由可能源于我说过一句“我要一件王薇薇的婚纱”。其实写文章久了，我渐渐不在意那些褒贬不一的评价，唯独这些留言让我有特别多的感慨。在骂我的读者里，一小部分是把我跟要车要房的凶恶丈母娘联系起来的男同胞们，一小部分是年轻但是成功的女孩。我特别理解他们，前者骂我，是因为他们觉得我的妖言惑众让他们已经捉襟见肘的约会资金变得更加入不敷出；后者骂我，是因为她们觉得我把自己的梦想系在了男人的裤腰带上，拖了广大独立、卓越的“白骨精”们的后腿。说实话，我委屈，但也并不冤枉，因为让读者曲解了我的原意也是我写作的功力还欠火候。唯独让我觉得无奈又心疼的是一群小姑娘，她们占了我留言的绝大多数，一边骂我“拜金”、“物质”，一边艾特自己的男朋友，然后说，“我才不会像她一样呢，我什么都不跟你要，我只要你爱我”。

这么说的姑娘，大多年轻又单纯，爱情不是她们可有可无的调剂，爱情是信仰。但是哪一个失去了信仰的女孩儿最初没有虔诚地爱过呢？

我们每天都在大量地阅读，除了公文，没有什么文章的观点是绝对正确或者错误的。你觉得这篇文章写得好，不过是因为它恰好说中了你此时此刻的心情；你觉得作者在胡说八道，也只是因为她所讲述的故事不符合你内心的价值。毕竟我写的不是神话故事，你不愿意相信我口中的世界，我们就无法共鸣。有的时候我很开心，因为骂我然后艾特自己男朋友的那些女孩之所以骂得振振有词，是因为她们正在愉快地享受爱情。是啊，对于一个沉浸在浪漫和誓言里的姑娘来说，爱情怎么可能掺杂物质呢？“舍不舍得”怎么配得上检验爱情呢？

以前的我，也是如此。正因为我跟她们一样过，所以《换你一份舍得》于我的意义才更像是一座里程碑。如果你愿意翻翻我之前的文章，几乎所有的故事都是在感恩相遇、享受爱情，我也是一个为了长相厮守而颠簸磕绊过的姑娘。读者们有人说我一定是太刁蛮，有人说我肯定不够迁就，有人说我绝对不知道体贴从来都是一味索取。其实，因为他们正在顺风顺水地行进，从来都没见过风浪是什么样子，他们才会觉得别人翻船绝对是因为他们驾驶得太任性，事故从来无关乎电闪雷鸣的天气。就像那时候的我，也从来都不相信有彼此相爱却攻克不了的关卡，有一起牵手却走不到的未来。

但是真的有。至少我遇到了，而且我相信我也不是在爱情海里畅游了许久然后突然被搁浅的唯一一个。

不论我检讨过去相处中彼此的错误，还是指出一些我认为暗藏的真相，那只是我对过去的反观和对未来的提醒。我从来没有后悔过曾经炽烈的相爱，也永生不会对爱情绝望。只是在漫长的沉寂中我渐渐学习让自己相信，过了那个爱情就意味着全部生活的年纪，能支撑生活的就不再仅仅是爱情。

我非常愿意祝福那些骂过我的姑娘们，祝她们永远都能像昨天那样神气活现地骂我。因为那代表她们从来都没有遭遇过我描述的处境，生活没有给她们狠狠地上那么一课，她们就永远有资本把别人的故事唾弃成危言耸听。这样挺好的，我希望这世上有更多人一生不经历磕绊，永远生活在云端。

但我也必须告诉你，我所说的每一句“玷污”了你纯白爱情信仰的话，都不是空穴来风，那是一个又一个的别人的伤疤。世界有时候是不公平的，有一些人，她们明明付出的不比你少，甚至还多得多；她们明明比你更坚定、更懂得包容，但她们没有像你一样幸福。所以你可以把自己想象得足够幸运，一牵手就是一辈子，但别把自己想象得太坚强。不要因为生活扇哭的是别人，就狂妄地以为自己能经得住疼。

如果正在阅读的你，带着伤痕和泪水，那我想隔空给你一个拥抱。在过去的一年里，我跟你一样，伤心难过，痛不欲生，每天躲在家里不见任何人。我的家乡在渤海湾，有美丽的海水和沙滩，但我都觉得所有的美好与我无关，上帝每天都在向别人播撒希望，却唯独忘了给我幸福。然后有一天我走出门去，看看天，看看海。在我情绪低落的这段日子里，太阳依旧东升西落，海面依然潮涨潮落，这个城市的人们依然早出晚归，万家灯火的时候，广场上歌舞升平。这个世界从来都不会因为你遭遇的不幸而对你温柔以待，但它此时此刻不摧毁你，就是不干预你自己创造幸福的无限可能。只要你还愿意相信爱，只要你坚信自己还值得爱，你就没有理由不变得更好。

我不知道读到这些故事的你，此时此刻怀揣着哪一种心情。我只能讲述我最简单的希望：

愿不认同我的你，此生不入我跌倒之暗流；

愿曾经耀武扬威却跌入深渊的你，有我的陪伴，不再让你孤单；

愿哭过、痛过又站起来的你，跟我一起成为自己的太阳，照亮自己，温暖别人。

徐温婕

quin
PRENOM
AFE

目录

Love
on the road,
we each understand

PART 3
不是没有伤痛，不过是带着伤痛继续生活

If we can enjoy each other

PART 4
假 如 我 们 能 够 彼 此 欣 赏

PART 5
简 单 生 活 ， 简 单 爱

Simple life, simple love

番 外 篇

Carnaval

当一个男人送你一份廉价的礼物，他竟然从不觉得你满足的笑脸是出于对他自尊心的疼爱；这样的礼物从此连绵不绝，可是再不是当年一样的情谊。他会忘了你曾经愿意吃多少苦、用多少心去体谅他、陪伴他，他开始觉得在这样的陪伴和牺牲里，你也收获了自己想要的满足和爱。

我认为我不是个物质的女人，但是我开始懂得，从我笑纳第一份廉价的礼物开始，在他心里，我便从此是几百块钱可以取悦的、不识货的女人。

世上最浮于表面的一句话莫过于"等我有了钱，我就给你买……我就有时间陪你……"
事实上，你今生未必有钱；即便有些人最后成了富豪，但他们因为已经习惯了拿经济条件当作逃避爱情责任的借口，所以不见得会变慷慨。

太懂事的姑娘，大多没有什么好结果

01

当我还沉浸在爱情里的时候，有一次做兼职给学生代课，她们翻看我以前的照片问我："老师你为什么要留齐刘海？没有刘海比较好看呢！"

我很厌恶齐刘海，觉得它不匹配我的年龄和性格。我笑着跟她们说："因为我先生喜欢。"

孩子们都只有十六七岁大小，瞬间很严肃地围着我教训道："老师，爱情里女人要做自己！"

我很真诚地看着她们，那一刻我的眼神里一定佛光普照。我听见耳边梵音悠扬，我神圣地盘坐在白莲花上，穿越了红尘和沧桑，又轮回到今生普度红尘，对莲花座下跪拜的善男信女们指点迷津道："最好的爱情，不过投其所好。"

众生醍醐灌顶，圣歌嘹亮，我佛慈悲……

我的播放器里常常无故播放一部电影。画面上女主角声嘶力竭地哭喊道："你说你喜欢穿裙子和高跟鞋的女人，我为你照做了，你不知道我以前从来不穿裙子，高跟鞋会磨破我的脚！都是为了你！为了你！"

男主角掐灭烟头，像是要郑重对待一段对话。但他却只是把头扭转向窗外，花圃里弥漫着新修剪的青草香，几个抱着孩子的妇女围拢着几株月季啧啧称赞说：“今年新换的花匠手艺不错，修剪的花朵真好看呢！”

这时候，男主角回过头来，冷静地看着她说：“我问你，你盛装华服地出门去，是不是遇到过搭讪的男人和羡慕的女人，他们夸奖你好看的时候，你难道没有一丝愉悦满足？你总说做这些为了我，好像你不情愿所以不快乐。但就算你不喜欢打扮的过程，你一样享受被万众瞩目的那个结果不是吗？”

我不知道这是哪年的片子，只有这一个片段，没有开端，不知道结局。看花的人群来来往往，他们的鞋子踩在地上刚刚被修剪掉的花朵上，汁水四溅，一片狼藉。

生活像是导演，用烂俗的拍摄手法让你看尽别人的故事，你一直努力做个局外人，却发现也逃不出相同的结局。

02

我认识一个姑娘，她性格安静得和很多姑娘一样。

她告诉我，要结婚的时候，先生说要送她一样礼物。

她耐不住好奇，偷偷点开先生的购物车查看待付款的货物，里面躺着一条有点廉价的裙子和一部有点昂贵的相机。

然后她收到了裙子。

她说她从来没有问起过作为备选项的另一份礼物，欢天喜地地穿上裙子跟先生进行了结婚登记，然后把裙子叠放进最底层的衣柜里。

我说："看到礼物的刹那，你难道没有半分失望？你已经是他的妻子，他竟然还舍不得？"

她低垂下眼睑，眉心微动："那时候，我觉得礼物代表的都是一样的情谊。毕竟对于事业刚起步、未来刚开始的我们，相机太奢侈，一蔬一饭才更像是生活。"

她随即站起身背对着我，面貌看不到，声音有些许悲凉。她说："后来，真正让我失望的是，当一个男人送你一份廉价的礼物，他竟然从不觉得你满足的笑脸是出于对他自尊心的疼爱；这样的礼物从此连绵不绝，可是再不是当年一样的情谊。他会忘了你曾经愿意吃多少苦、用多少心去体谅他、陪伴他，他开始觉得在这样的陪伴和牺牲里，你也收获了自己想要的满足和爱。我认为我不是个物质的女人，但是我开始懂得，从我笑纳第一份廉价的礼物开始，在他心里，我便从此是几百块钱可以取悦的、不识货的女人。"

我们是在旅途中认识的，她离了婚，拿着新买的相机在拍风景。我想那条裙子，已经伴随着一个女人贫贱不移、患难与共的决心被扔回了岁月里。

03

网上流传过一组照片，内容大致是"新郎看到新娘穿婚纱的瞬间"。

照片上的新郎激动得泪流满面，照片我看一次哭一次。

因为上学的地方离苏州很近，那之后我常常去婚纱街，我以为那里应该是全中国聚集最多惊喜和感动的地方。

算下来，前前后后我去了大概六七次，从来没有见过照片上那样惊喜的准新郎，一次都没有。

我看到的画面大多是，准新郎疲惫地瘫坐在婚纱店的凳子上，看新娘兴致勃勃地在展示台上唱独角戏。帘子一次次拉开，新娘不断地问："亲爱的，这套鱼尾会不会显得我太胖了一点？那这套一字肩呢，是不是刚好衬我的锁骨？拖尾好美丽，可是我们的婚宴红毯不够长；要不然还是选那件齐地的，虽然不是最美，可是算下来价钱最划算呢……"

几乎每一个准新郎都不解地看着打了鸡血似的老婆们，他们似乎真的不懂得这几套婚纱有什么区别，他们心里或许还在想，这辈子只穿一次的衣服，为什么偏偏要买，劳师动众当真不值得。

因此吵架的情侣不少。女的大哭说："你给点意见会死啊，我一口气试了这么多套，你只坐在那里看一看还嫌累，我是为了谁，我美，你在婚礼上是不是也有面子？我为了谁？！"

男的也抱怨说："婚礼就是个仪式，你说的什么带刺绣的、镶水钻的，远远看上去都一样，谁会记得你穿什么，你自己挑剔，自己找罪受！"

……

这在我看来还不是最悲催的。我知道的最悲催的那个新娘，从店铺开张到打烊试了几乎一整天的衣服，每一件都打听价钱然后小心地看着男朋友的脸，最后讨好般地说：“要不然，还是第一套吧，虽然没有后面那套好看，也不是最衬我的身材，但是可以省好多钱！我也不一定要穿得那么贵是不是，我是不是个会过日子的好媳妇儿？”

男的立马跳起来说：“你是不是有病？挑挑拣拣浪费了一天的时间！早就跟你说，在影楼里租一套，还用得着这么折腾？”

新娘子咬着嘴唇，一副要哭的样子。

04

我不是个唯我独尊、坚持物质的女人，但是我看过了太多自我牺牲、毫无所求的故事和那些悲伤的结局。

如果你嫁的是一个懂得感恩的男人，你可以一辈子都风花雪月地活着，有情饮水饱；因为他足够体贴和细心，他会明白你的付出和笑纳不仅仅是因为他在某时某刻送给了你一些礼物，更是因为你愿意不计较他给不了你的所有，他知道你并不愿意因为自己的愿望而让他感到为难。

但如果你很不幸遇到一个会算计收获与给予、渴望收支平衡的男人，你就不能继续做一个毫无要求、尽情牺牲的女人，哪怕你愿意那么做。因为他心里正暗自盘算你的收益，以此抵消掉你的付出。一段看上去收支平衡的爱情和婚姻，背后一定有着填补不了的赤字。在这样一段关系中，他觉得你给予他的全心全意的爱和体谅，在他给你的那些大大小小的礼品面

前，显得没那么重要。因为当一个男人认为他的礼物可以抵消你的爱的时候，你们从此再也不能在精神上对话。

他不再是你在青葱岁月里认识的那个白衣少年。爱情、关于爱情的承诺和你因此而所向披靡的决心，在他看来都会脆弱不堪。

我常说，对我而言最重要的有两件事：一场隆重的求婚，一件奢侈的婚纱。

这两样都是柴米夫妻可有可无的东西，没有它们，生活还可以继续，法律依然能承认你们的夫妻关系，周遭的人也不会因为你没有被求婚过而觉得你们在扮家家酒。

可正是因为这些事情可有可无，才会显得更加重要。如果那些必须做的事情检验不了一个男人对你的心，那么这些无关痛痒的、可有可无的事情，以及在做这些事情的时候他的专注和态度，才可能是最重要的事。

我也不太愿意相信，这世界上有一些人是通过算计自己的付出来推算对方的心意的，他给予的太少，就觉得对方爱得也未必多；所以，如果我遇到了一个如此这般的你，我便一定要一件王薇薇的婚纱，一定要！就算我的先生我未来的你，在我试婚纱的时候跟那些准新郎一样呆若木鸡，一样不明所以，至少你能在婚礼上看着从红毯上款款走来的我，热血沸腾、泪流满面地对我说：

“亲爱的，那么多衣服，你还是选了最贵的那一件。你可真是重视这个婚礼呢。”

我所做的一切，只为换你一份舍得。

因为你面前的我，内心有陪伴你携手未来的决心和勇气，你若无动于衷，它空无一物；你若洞察于心，它价值千金。

不是因为他是好人，他就一定能让你幸福。就像橱窗里的衣饰，穿在你身上也未必会显得神采奕奕。你懂得量体裁衣的道理，就该明白你的爱情不一定是当季最热款，但一定值得成为你的经典款。

别人家的男朋友

01

我因为经历了一段失败的感情，连对待闺蜜的男朋友都开始刻薄起来。

当我们家阿宠饱含着幸福的热泪告诉我她找到真爱的时候，我气势汹汹地对她家孙同学说：“不管你是谁，你得对她好；敢欺负她，我分分钟

过去砍死你！”

她家孙说：“你放心，我特别惜命，一定不给你砍死我的机会。”

过去两个月，我给这对小情侣做过两回电灯泡。

第一次，孙同学正跟我们在奶茶店里热火朝天地讨论最近热播的偶像剧，闺蜜单位里一直骚扰她的已婚男上司正好又给她发来了暧昧短信。我火冒三丈地夺过闺蜜的手机回复道：“她去洗手间了。你哪位？”

对方装模作样：“那打扰，抱歉。”

我问她家孙：“你说我是戳穿他是衣冠禽兽，还是文雅有涵养地问候他大爷？”

她家孙给我闺蜜的碗里夹了块鱼肉，笑着对我说：“都是一个单位抬头不见低头见的同事，别骂人家，不要搞得尴尬了。反正我们家媳妇儿对我赤胆忠心的，哈哈……”

那一刻我觉得她家孙不错。在动物界，一头雄性面对另一头雄性的公然挑衅时，通常跟对方死磕，撕烂对方皮毛，咬住对方脖子，然后拖着一条残腿，眯缝着半个眼睛，觉得自己成为百兽之王；而在法制健全的今天，聪明的人类大多觉得那种粗暴的行为无异于返祖，于是他们采取更文明而且谦卑自省的方式，把女伴遭遇的骚扰归咎为她行为不端、曾在某个时刻对骚扰者的放肆给予过诱惑甚至纵容，并且开始酸溜溜地质疑女伴的忠心。

而她家孙，既温柔地抚慰了闺蜜此时的忐忑心情，又大度地给了她在单位后续工作中拥有宁静的可能。

那天游玩结束，在回去的出租车上我悄悄跟闺蜜说：“你家孙行！”

中午吃火锅，她家孙皱眉问我们有没有觉得芝麻酱酸了。我跟闺蜜的蘸料里都加了醋吃不出来，我说酸了的话那赶紧让服务员换掉吧！

饭店是我推荐给他俩的，她家孙如果执意说调料

Jacquin
SANS PRENOM
CAFE

馊了，在我们面前耀武扬威地喊过经理和领班，义正词严地训斥一通，一定很有大男人的面子。可是我该多尴尬和抱歉。

但她家孙说："没事，可能是加了别的有酸味的酱料，不换不换就这吃挺好！"然后又去添了几勺酱呼哧呼哧吃得挺开心。

闺蜜跟他家孙也算是不远不近的异地恋，见一面要坐一上午的大巴。加上两个人的工作都忙得少有周末，约会的时间不能说争分夺秒至少也该是提前周密计划的。那天本来打算去老国贸旁边的真人密室，结果到了才发现店主关门歇业，我们只能原路折返，再绕路回到城市对角线另一端的另一家密室。她家孙第二天还有工作，匆忙一见只能中午到、傍晚归，唯一能相处的几个小时却被我们失败的计划浪费在路上了。换一般人，就算不喋喋不休地抱怨，至少也得拉着脸不高兴。闺蜜试探着问："绕路回去吧？"

她家孙乐呵呵地替闺蜜拉开车门说："走起呢！"

我说："我终于放心把你交给你家孙了。这个男人也许给不了你大富大贵的生活，但你一生都不会因为他身处逆境而无辜承受他的无名火，你也不会因为无心的失误被他不依不饶地指责。一个女人能拥有的最幸福的生活，一定离不开跟她厮守余生的那个男人的理解和宽容。"

02

出去旅游的时候，我认识了小可爱。

小可爱和她先生比我们年长一些，那次相遇是他们结婚三周年的旅行。

那天中午吃完饭，左等右等不见他们，过了好一会儿才看见她先生拎着一大袋零食，牵着她的手拼命朝旅游车跑。导游抱怨他们迟到，男的憨厚地笑笑，不好意思地解释说：“听说接下来一路很苦，沿途没有商铺，就给她去买了点小女孩儿爱吃的东西。”

他笑容里的不好意思是因为迟到害大家久等，不是因为他当众宠溺地叫她“小女孩儿”。

旅行结束一年多后，我还对这个情结念念不忘。我对小可爱说：“你们是我见过的最愿意保持情调的恩爱夫妻。”

小可爱惊讶地回复我说：“可是你不知道，当时在大草原上，你男朋友趴在地上为你选角度拍照片；在黄龙，你高原反应昏睡在酒店里，他担心的就跟什么一样。我一直跟我老公感慨，你们才是我们见过最美满的情侣。”

可是那时候，我跟男友已经分开快半年了。

03

如果你以为，我这篇文字是为了羡慕一下别人家的男朋友，那么你错了。

我借由小可爱的话想起来大学同学的感慨。

同学说：“那一天我们在食堂里看到你跟你男朋友，天热得下火，又正是学生下课抢饭的时候，你男朋友一个人托着两个餐盘挤在人堆里帮你买饭，你一手举着一个甜筒坐在椅子上，左边吃一口、右边吃一口地看着他。我们就觉得，徐小驴你真是找到好男人啊！”

对，我找到好男人，可是我们分开了。我为什么这么不知道珍惜呢？

看我的文字，也无法得出一个关于怜取眼前人的结论。

在这个世界上，有关“珍惜爱，不要让别人对你的好成为你的习惯”的心灵鸡汤已经煲煮了太久，就算没有亲尝，你都多少闻到过别家飘香。

可是，像我一样的姑娘，你为什么还没有幸福？

04

是不是因为我们心里，始终住着一个跟别人不同、不愿意被怠慢的自己？

我知道那个在你生病时嘘寒问暖、给你买两个甜筒让你坐着吃然后自己撸起袖子挤进人堆里为你买饭的男人多么难得；毕竟这世界上绝大多数的男人，都只会让你多喝热水。

只是，我孤身在外求学、生活多年，我知道怎么照料自己的生活。生病时我知道给自己吃药，挤不到食堂我会帮自己叫一份外卖。可是我天生容易犯错，我常常无意地丢东西、丢钱、被人诈骗、迷路、忘事儿，我可能一辈子都会自娱自乐地哼哼唧唧、蹦蹦跳跳，看着家里堆积成山的脏衣服然后对着电脑玩游戏。所以我需要的那个男人，他可以不那么周到地照料我的生活，但他一定要宽容我的无心之失，不在我因为粗心大意而搞砸了什么事情，已经懊恼不堪的时候继续不依不饶；不要强迫我必须像一个贤妻良母那样，闭上唱儿歌的嘴巴，洗手做羹汤。

所以，她家孙的宽容、小可爱老公的那句“小女孩儿”才能让我由衷地羡慕，这就是“别人家的男朋友”。

就像渴望被悉心照料的你，羡慕我的那两支甜筒一样。

你的完美爱人是细心的；我的理想对象是耐心的。他们都是有美德的男人。

可是正因为这样，这个世界上的每一个好男人，不一定能让每一个女人幸福。

也许有人会骂我：作死的女人！等你病在床上没有人管、挤在人堆里吃不到饭的时候，你看你哭不哭！

但是亲爱的，你真的要相信，不是每个女孩儿都会因为没有人照顾而哭泣，也不是每个女孩儿都会为了恋人的不理解而哭泣。

因为在这个世界上，每个人都带着各自的天分独自生活了二十几年没有死掉。你要找的另一半，究竟是强化你已经拥有的技能，帮助会照顾自己的你照顾你；还是击中你的需求，把你天分里缺失掉的那部分用爱填补完整呢？

你不会比我更了解我自己。你认为我感情失败的眼泪是自己作的死，我却知道，那是因为当我独身太久，对方悉心周到的照拂让我像每一个女孩儿那样臣服于这份呵护；于是我却忘了我之所需。直到内心那个永远没有得到关照的自己对着我号啕大哭，我才明白，不单单因为他给你这个世界上公认的好而牵手，才是对自己最诚实的负责。你想幸福，你就必须知道，你希望怎样被对待。

我从没说过感情里不需要付出和妥协，不需要尊重和珍惜。或许你应该在遍体鳞伤之后，像我一样认真地问自己："为什么你有公认的优质男友，你的爱情却屡战屡败？"

这是一篇写给女孩儿们的故事，可如果你是男孩儿，这个道理对你也适用。在关于爱的收获里，男女应该得到同样的对待。

生命那么短暂，没有人有义务为你变成你欣赏的那种别人家的男朋友。

你常说，我们总是争吵，可是他真的对我很好啊！

如果你明白自己需要什么，或许你就不会贪图那份你并不需要的温存。你可以拼尽全力，再为你这坚守多年却始终犹豫的爱情争取几次；可是如果晴天还是没有到来，你就应该舍得放手，让他去做别人家的男朋友。

而亲爱的你，也要去寻找你的那款男朋友。

找到真正对的人，我们在对方眼里都可以是熠熠生辉的。

不是所有的抱歉都值得谅解，也不是所有的离开都有回头的机会。

做一个尊重自己的人，要牢记自己曾经受过的苦，不让自己重蹈覆辙。

你要配得上
自己所受的苦

在我们一群闺蜜吐槽男人都是薄情寡义的动物的时候，我只要想想子鹟，就觉得于心不忍。

子鹟在镇江，女友在南京。这段间距长不长，因人而异。对于整天开着私家车兜兜逛逛的富二代来说，这段路不过是几脚油门和几首歌；但是对于还在念大学的他们俩，就意味着见面的机会要从为数不多的生活费里一分一分地抠起来。你们也许都知道，大学生的生活费除了有一部分固定用于日常开销，往往还有一笔用来应急的钱，这笔钱的大小同样因人而异，越是离家远的孩子，家长越是未雨绸缪地多给一些，以防出现什么意外应付不来；子鹟的家在镇江本地，距离学校近到午休的空当都可以骑着脚踏车回家洗个澡睡一觉，再优哉游哉地回来，衣食住行、求医问药都可以分分钟投靠爸妈，所以他身上的钱格外少一点。虽然，用他的话说，每月的这笔钱足够他在学校里一顿饭点五个荤菜、抽最好的烟，但是要谈一场异地恋，就有些紧巴巴的。

子鹟说，他常常在食堂叫一碗白饭，求打饭的师傅在饭上给他淋一勺卤肉汁，就着师傅的白眼吃下去；太饿的时候，就趁中午爸妈不在家，偷偷溜回家，煮一大锅热汤面，呼噜呼噜吃到撑得连晚饭都不想吃；能不抽烟就不抽烟，烟瘾实在上来就买最便宜的烟抽，三块钱一包。他说这话的时候，掸了掸手上的红中华叹口气说："三块钱的烟，真不知道怎么下得去口的。"

他这么省，无非是为了攒够每个月两次的约会用度。我说："每次都是你去找她，她不来看你吗？她从来不花钱吗？"

子鹟苦笑着说："人家觉得南京是大城市，不愿意来镇江这种小地方。有一次约会，她把钱包交给我说钱放到一起用，我拉开拉链看到孤零零躺在包里的五十块钱，偷偷又塞了两百进去给她用。"

他的这些话说得我都有点心酸。在我看来，子鹟是很注重生活品质的那种男人。我参观过他的房子，一进门就看到几个巨大的模型展柜，里面摆满了各种收藏，金碧辉煌；随便拿起一个都有来头，有的是限量发行款，有的是大师的封笔之作，听得我咋舌不已。我觉得，这样的一个男人必须得足够爱一个女人，爱得忘了自己，才肯降低自己的生活标准去拉近跟她的距离。

可是子鹟的女朋友在我看来并没有很心疼他。她要吃最好的餐厅，环境不好、人员嘈杂、音乐不顺耳甚至摆盘不合她的眼，都成为她无端挑剔发脾气的理由；她要买最新款的衣服，不论喜欢不喜欢，逛一圈总不能空手出来；要看最新上映的电影，就算是完全不对她的观影胃口，落座不久就在椅子上呼呼大睡，也还是要看一场。当然这一切都是子鹟买单。

子鹟说，约会的几个小时简直就是一场吃钱的噩梦，感觉每呼吸一口都听见叮叮当当掉落的钱币声。但是结束了一天的会面，在送别时能听到女友娇滴滴地说一声，亲爱的你真好，他就有如神助，铆足劲跟受伤的钱包一起回去为下一次买单积攒力量。

日后，当清醒过来的子鹟跟我描述起那些过往，他自己也不知道年轻时代的爱情怎么会如此赴汤蹈火。其实一段付出不对等的爱情，还不是因为一个人牢牢地吃定了另外一个。就好比，子鹟最忙的日子是社团年会的时候，作为总导演的他每天连睡觉的时间都精打细算，可经常他拿着对讲机调度台上彩排的灯光舞美的时候，女友的电话就夺命一般地打进来。子

鹞实在走不开，挂断；她就再打；再挂，再打……直到女友发来一条短信："秦子鹞，再不接电话就分手！"

子鹞就吓傻了。对于那么兢兢业业地经营一段感情的他来说，分手是多大的一件事啊，简直是灭顶之灾。社团的头衔可以不要，忙碌一年的荣誉可以不要，老婆可不能不要。于是他立马丢下步话机，蹲在角落里像个孩子一般跟女友一遍又一遍地道歉。抬起头，刚刚被子鹞狠狠训斥过的几个小干事们正挤眉弄眼地站在自己面前。我问他："尴尬吗？"他说："那会儿觉得，爱老婆是值得骄傲的。"

一转眼就到了大四这个多事之秋，去哪儿吃去哪儿玩不再是情侣们的头等大事，身边因为各奔前程劳燕分飞的情侣比比皆是。女友打电话给子鹞说："你考研考到南大来吧，我们就能在一起了。"

其实按照子鹞的实力，报考一所南京一般的高校，应该都能录取。可是南大对他来说有点吃力。他犹豫着跟女友商量："要不报个低一点的保底怎么样？也是在南京，反正只要在南京我们就不会分开了呀！"

女友咬牙切齿地说："没骨气！"然后撂了电话。

子鹞思考了半个晚上，抽了一地烟，最终报了南大。

然后子鹞就成了一只标准的"考研狗"。早上五点半起床，凌晨一两点睡觉，整个白天加大半个晚上都在不知疲倦地看书复习。实话实说，子鹞算是长相好看的男人，他带我参观他的衣柜，什么颜色的大衣配哪条围巾、打什么领带，哪条裤子穿哪双鞋，都像逻辑推理一样严丝合缝不容有差。

我挺难想象这样的一个他，在准备考研的那个冬天，每天穿着一件巨大的黑乎乎脏兮兮的羽绒服，头发不梳、胡子不刮地匆匆早出晚归的样子。

他说："没办法，时间紧任务重嘛！而且冷啊，真冷！坐在考研教室里写一会儿手都冻僵了，为了抢一个靠窗有阳光的座位，我还跟教室里的女生吵过架，真丢脸，跟女孩子计较。可是那时候真的没办法，抢不到就得一天坐在冷板凳上。有一天晚上我回寝室的路上，跟一个女孩子擦肩而过，她试探着叫了一声我的名字，我一愣，她马上凑上前来不可思议地望着我说：'学长，真的是你啊！我都没敢认你，你怎么变成这样了？'我认出来那是我社团的干事，那时候我多么风光满面，每天衬衫笔挺、皮鞋锃亮，我尴尬地笑了笑，简直是落荒而逃。回到寝室照照镜子，看着自己满脸倦容、胡子拉碴的样子，真的有点想哭。"

他接着说："唯一让我坚持下去的理由就是她。每天晚上睡觉前，跟她发发短信，唠叨一下今天做对了多少题目、背了多少单词，听她说一句老公真棒，我就心花怒放。我觉得我是为了我们的未来而奋斗。"

讽刺的是，这对情侣，一个为了未来奋斗的时候，另一个却不愿意等待了。子鹡把命都搭在了考研上，哪里还有时间进行每月两次的奢华约会，甚至连每天的甜言蜜语都被各种公式和单词困扰得想不出来花样，习惯了受尽宠溺的小女孩逐渐忍受不了这些。元旦将至，子鹡狠狠心，决定拿出一天时间好好陪陪女友，一起跨个年。谁知道女友在电话里冷冰冰地说：

“子鹓，你不用来了。我们还是分开吧，我另有喜欢的人了。我本来想等你考试完再告诉你，你如果暂时接受不了，我可以继续陪着你，等你考完我们再分开……”

子鹓脑子里一片空白，听不见她继续说了些什么，只是木讷地说了一句：“不用。”

他说新年那天晚上，烟花四起，整栋宿舍楼都空了，他顶着寒风去了一家通宵营业的洗浴中心，好好泡了个澡，在大厅空荡荡的休息室里看了一集快乐大本营，然后失声痛哭。

我特别能理解他那时的心情。对于一个行路人来说，最大的失望，莫过于摧毁了前行的意义。

子鹓考研失败了，调剂到了西南一隅的一所高校。地方偏僻，条件艰苦。我问子鹓：“你后不后悔？”

子鹓说：“路都是自己选的。既然我的梦想已经不是她的梦想，我实现不实现它，都不再有什么要紧。”

“那你怨恨她吗？”

“我还没有时间恨她，因为我看看镜子里憔悴的自己，和破败不堪的自尊心，我知道我只能先把自己找回来，让自己值得被爱，才能有机会考虑别的。”

子鹓的故事还有一段尾声。

他因为接了一个电话要回公司处理要事，所以匆匆讲了几句就告辞。

此时的子鹞已经是一家公司的高管了，那些战战兢兢的下属，一定没有见识过当年子鹞蹲在角落里捧着手机低声下气地跟女朋友道歉认错的样子。

子鹞说，很久以后，女友又打电话给他，声音依旧娇滴滴得让他心动。女友过得不算好，经历了一段感情，经历了一次角色反转，她成了感情里苦苦向另一半攀爬的那一方，对方一直在她前进的路上冷眼旁观，嫌她走得太慢，他最终不愿意等那么久。

女友哽咽着请求子鹞原谅。她说："我变成你，才理解你、心疼你，才知道我多么错。让我们重新开始，我补偿你。"

子鹞拿着电话，说了同样的话："不用。"

我想，子鹞的拒绝应该不是因为不原谅。

或许，我们每个人的生命里都多多少少经历过那么一段低到尘埃里的日子，你苦苦哀求、拼命挽留，你把身体匍匐在他脚下的土地上，你的眼泪顺着他的皮鞋一直流淌。你风尘仆仆，他一尘不染。你向前走了九十九步，他还要求你再走一步。

日子一天天过去了，自己的伤疤也慢慢好了。你从恨死了他、不明白他为什么如此绝情，到看开、释怀，甚至不再希望他受到惩罚。因为你回头看看那时候的自己，一个连自尊心都丢失了的自己，真的不那么可爱。

有人说，爱情里，最要命的就是始终放不下自己的自尊心。可是，也偏偏是这要命的自尊心，让你丢失了他，丢失了自己。当他否定了你前行的全部意义，也就只有你自己，能给自己重新赋予意义。

所以，当你从尘埃里站起来，拍落一身尘土，也应该学着把你对他的爱悉数收回，装在心里，只留给他一个决绝的背影。不是不原谅，只是不回头。不要把心软当作一种美德，不要让每一个怠慢感情的人都不懂得覆水难收的道理，不要无条件地给抛弃你的人发一张通行证。你也应该成为一艘航船，尽管你曾经多么想做他迷途归港的灯塔。

总要经历一些伤痛，才能学会成长。记住来时的路，记住你所受的苦。愿你的明天，不再重蹈覆辙。

你永远无法知道在你的一生当中会遇到多少次磕磕绊绊，但可以肯定的是一定能抵达彼岸；你不知道下面会在哪里跌倒，但你知道绝对能再站起来；你甚至无法想象爱上一个人会怎样疯狂，但他走了也只不过是带走了你跟他有关的梦想。

就算我们不能准确掐算到每一个命中的节点，却也能掌控生活大致的走向。

桃花依旧笑春风

桃花小姐说她的幸运花是桃花。我笑着问：“希望总是有桃花运吗？”

她摇摇头说不是。

明艳的女人常常给人带来错觉。比如我们都觉得当她们喜欢上一个人，会在自己都还不确定那种感觉是不是一时兴起的时候，就顾盼生姿地走到

对方面前，笑靥如花地说："现在，你就是我男朋友了。"连说"不"的机会都不留给对方，所以好像"暗恋"这种事情是决计不会发生在她们身上的。

但其实不是，至少我认识的桃花小姐，这样顾盼生姿的明艳女人，一直都在默默喜欢着田野先生。

桃花小姐从来没有跟任何人提起过这桩暗恋。形形色色的男人在她身边谄媚献殷勤，更新的速度跟她换发型一样频繁，桃花小姐统统视若不见，只是每次在撺掇我们聚会的时候会看似不动声色地问一句："田野来吗？"

谁都没有觉得这句话隐藏着任何期待。因为田野不来也不见桃花有多么失望；就算田野来了，桃花也不会像任何约见到心上人的忐忑女生一样安安静静地坐在角落里羞赧地关注他的一举一动。她会疯得一如既往，帮每一个人添酒布菜，谈笑间扬起一张泛着红晕的美人脸，眼线的尾巴像要飞进发梢里。

桃花小姐常找我们去 K 歌。说是 K 歌，不如说是她一个人的演唱会，通常我们一群人跟她抢麦，多半抢不过，

那一天也是一样。只不过十二点刚过，突然推门进来一个抱着玫瑰花球的男生，他径直走到桃花面前站定，望着她，然后单膝跪地说："嫁给我。"

音乐戛然而止，幽暗的灯光下桃花的眼睛亮闪闪。

"嫁给我，桃花。"他又说，"我辞了家乡的工作，现在正式来到你身边，我想照顾你，嫁给我。"

我们看不懂状况，大气都不敢出一声地望望他再望望桃花。

"我们改天聊。"她说。

"我不！我今天就是要你一句回答。"来者特别坚定。

桃花站起身，水红色的紧身裙把她包裹得像一株正在盛开的璀璨桃花。她指了指桌上的一堆酒，眼睑低垂，眼线依旧像要飞进发梢里，她说："我们对瓶吹，喝不过我，你就滚蛋。"

然后她就一瓶接一瓶地开始喝酒。酒灌入她的身体，她看起来像是一株吸饱了雨露的桃树，粉嫩的花瓣在她脸上渐次盛开。她喝的越来越多，身体开始摇晃，黑暗里，仿佛一树桃花婀娜妖娆地炫耀着芬芳。

"我认输！"男生拽住了桃花正在开瓶的手，眼神里有一种不战而败

的绝望，“你能不能出来一下，我想再跟你说几句话。”

桃花放下酒瓶，眼神直直看向一处，我看到她正盯着田野的方向。她已经站不稳了，一身明艳的花苞摇摇欲坠，她踉跄着、却又婀娜地朝着田野走过去，有人要扶她，她甩开她们的手，她走到田野面前说：“你能不能在门口看着我？我现在控制不住自己，如果我一会儿跟他上车，你能不能拽住我，不要让我跟他走？如果一定有人带我走，我希望那是你。”

她说完这句话，周身的明艳忽然黯淡下来，好像这句话是一个妖精的死穴，说出来，她就失去了千年修行的灵，然后泯然众人。

盛开的桃花正蹁跹落地，她抖落一身花瓣站起身。我们第一次看到了明艳的桃花小姐的内心，原来她是喜欢田野先生的，那种喜欢非常认真。

之后桃花小姐如愿以偿，跟田野先生走到了一起。我问她为什么忽然会在那个晚上表白了心迹。她说：“你知道吗？那晚出现的那个男生，他真的对我相当好，是无微不至、百依百顺的那种好，好到让我觉得如果错过了他，上天会惩罚我孤苦一生。可是我不知道是哪里不对，一定是哪里不对，一个人好到用放大镜都挑不出缺点，而我竟然没有想要跟他相依为命的感觉。他每每说起结婚，我都以异地为托词，因为我知道，他在家乡有非常不错的事业，如果辗转到我身边，他前面那么多年的打拼几乎就付之一炬。但是他却为我来了。”

“这不是很好吗？说明他爱你爱得深。”

“我知道。但是并不是每一句‘我爱你’都要对应一句‘我愿意’的，对不对？”

桃花拿着香水瓶喷了一圈，空气中马上充满了浓郁的花香。她不再说话，叹口气，笑得很无奈，就像花朵明明在怒放，却知道终究零落成泥碾作尘。

在我眼里，跟田野先生恋爱之后的桃花小姐依旧明艳耀眼。朋友聚会上，她霸道地替田野先生挡掉所有的酒，一杯杯全部灌进自己的肚子里，脸颊绯红、眼神绚烂，她常常支使田野先生去公司帮她送落在家里的文件，让他在午夜出去给自己买草莓买冰淇淋甚至买卫生巾。

看上去，在这段恋爱关系里，桃花小姐毫无疑问地占了上风，田野先生像她放出去的一只风筝，飞得高、飞得低，都拿捏在桃花小姐的手心里。

所以，当我们听说田野先生准备调动工作回到家乡的时候，谁都不肯相信。因为桃花是不会离开这里的。

这座城市的边缘有一望无际的桃花林，春天刚刚降临，桃花们就次第盛开，桃花每年春天都要去那里走走，坐一天，好像吸饱了芬芳四溢的灵力，然后一整年她都能摇曳生姿。

我再去找桃花小姐的时候，她正在打包一箱又一箱的行李，我以为她要搬家，她却指了指桌子上的飞机票，她要飞去田野先生的城市。这简直让我目瞪口呆！我一直都觉得，像桃花一样的女人，身上都带着一种女王的芬芳，她们美丽得凛冽，接受朝拜却又不迷恋朝拜，天生有种驾驭对方的气场。

“女王大人，你不要你的王国了吗？”我几乎要惊叫起来。

桃花纤细的指尖弹过机票一角，扬起眉毛反问我：“你凭什么认为，在爱情的国度里我是女王？”

“这还用说？你能让田野先生一下班就扎起围裙走进厨房给你做你想吃的，能让他大晚上跑几条街只为了给你买一碗对口味的芋圆，你手里就像有一根线，动动手指，田野先生就围着你不停地转圈……”我一口气说了许多。

桃花小姐停止了收拾，扒开地上堆叠的杂志和瓶瓶罐罐的化妆品坐下来。

她说：“一段恋爱，并不是看上去谁更优秀一些、谁爱谁多一些、谁的经济能力好一些，就意味着谁能驾驭谁。更不是说，谁总是做饭、洗衣、事无巨细，谁就好像被对方吃定。一个人，无论她在爱情里看上去多么威风凛凛、颐指气使，从她为了追随另一个人而去到对方的城市开始，他们的从属地位就昭然若揭。”

我听得发愣，桃花接着问我：“当你听到桃花，你想到什么？”

“明艳、耀眼、芬芳、热烈……”

桃花小姐摇摇头：“桃花的花语是‘爱的俘虏’。桃花从来不是最美，但是看尽所有姹紫嫣红她都不认输，任何境遇都似乎改变不了她开放的灿烂，唯独遇上爱情，桃花是要做俘虏的。”

明信片
2元/张
Thank you

我忽然觉得我对桃花小姐的了解少得太可怜。可她没继续给我了解的机会，就在我的一知半解里飞走了，跟着俘获她芳心的那个男人，头也不回地飞离了我们。看上去她像女王，手里牵着风筝线，可是我们的女王却被风筝带走了。

城市边缘的桃树抽了新枝，花苞谢了又开，年复一年层层叠叠地越来越浓郁，那是我想象中桃花小姐在异地的爱情，轰轰烈烈、异香涌动着。

然而，又到了一年繁花凋零的时候，桃花微信我说："我们分开了。我在旅行，这一路，暖意越来越少，花苞渐渐残破，我总要走到一个地方，有常开不败的桃花，暗香浮动，就像是永远美好的初恋。"

有情人没有终成眷属，在哪里都会是一个令人黯然神伤的故事，唯独放在桃花小姐的身上不是这样。

我能想象，跟田野先生生活在家乡的这几年，桃花小姐一定以她一如既往的明媚把那个不大的小镇都照亮了，田野的家人应该变成了她的家人，田野的朋友一定也与她称兄道弟，如果没有跟那群人勾肩搭背地醉几场酒、骂几次娘，那都不是桃花小姐。

她也一定去到过田野曾说的那家面馆，吃了他从小吃到大的那种面。田野说，他们家乡最好的面馆都没有富丽堂皇的门面，通通都开在犄角旮旯里。夏天没有空调，每个食客都坐在油腻腻的木头桌子前，呼啦呼啦吃得大汗淋漓才够爽。桃花小姐去的时候一定是踩着高跟鞋、披着一头桃花味道的长发，隐匿在拥挤的食客间，大气地干完那碗热气腾腾的面，连汤都没剩下。

她也一定去了那条河。田野说，他小时候总趴在河边捞鱼，有一次鱼跑了，他噗通一声跳进河里，没想到春雨过后的河水那么深那么冷，田野呛了很多水，都不知道怎么被人捞上岸的。他坚信自己死过一回，从此很怕水。桃花小姐去的时候一定是脱了鞋子，把脚探进沁凉的河水中试试深浅。桃花不能没有水，但如果田野不是很喜欢，那少喝一点也没什么。毕竟一株桃树扎根进田野里，她就拥有了源源不断的养分。

爱情飘远的时候，她一定会哭，但她一定不会失去信仰。

我写这个故事是想要告诉你，每一个人的爱情里都可能有一些外人看不懂的关系，你们各自需要扮演一些角色，有时候是上帝，有时候是臣民。这些身份自相矛盾，但每一个都有它存在的价值与乐趣，那个角色，你自己知道就好。

你是女王，不必拿来炫耀；你总是顺从，也没什么好难为情。因为角色本没什么贵贱，扮演的目的就是为了让爱情更加甜蜜耀眼而已。

如果你失去了那段爱情，那就该忘记曾经的身份。重新投入新的生活，重新扮演新的身份。

如果总是对旧情念念不忘，回忆起曾经的盛气凌人，你会觉得此时此刻形单影只的感觉简直无法忍受；若是想起自己当年的俯首帖耳，如今只会更加不甘心……无论怎样，你都无法去投入新的生活，所以你应该始终记得你是谁，去诠释角色，而不要让角色禁锢你。

桃花是爱情的俘虏，但她并没有俘虏一般低声下气的模样。

我再见到桃花小姐，她的发丝里有了更加浓郁的花香。她告诉我她正在用一种新的洗发水，里面有一万朵花苞干榨而成的桃花汁。

其实我知道，让一个离开爱情的女人摇曳生姿、源源不断地散发出芬芳的始终是她们自己，桃花一样的女人，就算被干榨一万次，她也只会越来越芳香四溢。

亲爱的姑娘们啊，在爱情里，我们都见过了很多人，看透了很多面目。有很多开始的美好最终残败不堪，有很多最初的梦想渐渐乌烟瘴气，还有很多的桥，没看到头就成了断壁残垣……

可能所有这些你都看过了，但是看过就好。无论你怎么坐在废墟里哭，告诉匆匆而过的路人为了搭建这段路你付出了怎样的心血，他们也只能看见这一片废墟，无法对你感同身受。他们最多只能出于同情安慰一下你，说一些无关痛痒的大道理。

我们总要学会在最深的痛苦里不动声色。我知道这样很难，可我希望你能试着去这样做。爱情的凋零常常是两个人的不足，甚至完全是对方的过错，没错，是他辜负了那样热情那样倾囊相助的你，你有理由委屈和痛苦。

可是，在那之后，你若依然不肯放下，依然抱着爱情的残魂啼哭，那就是你咎由自取了。时光没有办法逆转，分道扬镳的两个人没有办法回到过去的相爱，所以我们要学着，一个人也能好起来。

爱情一定会再来，你不要哭。愿你做一朵桃花，能为爱情低入尘埃，同样也能开出花来。再出发，我愿你得到白首不离的一人，但倘若他先走一步，你且记得：人面不知何处去，桃花依旧笑春风。

正因为不知道我们还能爱多久，每一天才分外重要；正因为没有漫长的余生能与你共度，幸福才特别紧迫。
能为彼此再努力多做一次的，只有让对方快乐。在相爱的时候就做一些表达爱意的事，其余的都是徒劳。

只诉恩爱不续年

凌晨。芒果小姐的微信丧心病狂地摧残着我。

芒果是我的闺蜜，通常她这个钟点找我，要么是有事，要么是想找点事。

我问她：“咋？”

她说：“就想你了呗。”

我说：“你再装！”

她就老老实实地回答：“我看见大超了。下午我去超市买东西，看见

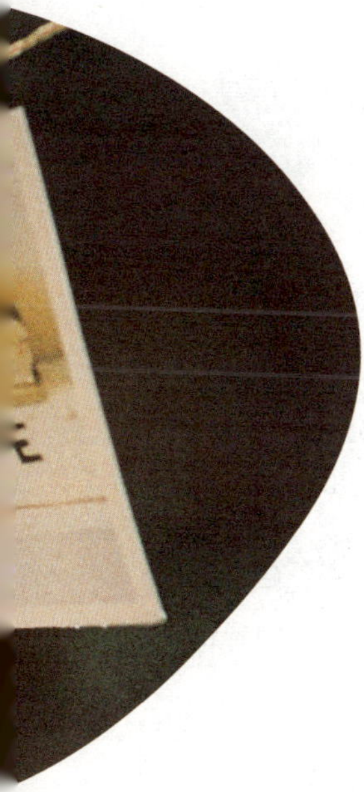

他从学生浴室出来，洗得很干净，那么白，透明的那种白。周围的男生都没有比他白的了。”

大超是芒果小姐的前男友。说实话，他们俩是第一对我一眼看过去就觉得肯定得黄的情侣。第一次在路上遇见，他俩并肩在马路对面等车。芒果美得像株芍药，就算是安静地站在那里都芳香四溢；大超看上去就像一根软塌塌的藤蔓，一步三晃，只要站定就总想靠在什么东西上。看到我，芒果娉婷袅娜地跟我介绍大超，大超则眼神游移，打了个招呼手指就不自觉得绕起圈来。就算不跟气场太过强大的芒果小姐比较，大超都算得上是很没有自信的那种人。

为了改造大超，芒果小姐下了一番工夫。从苦口婆心、温柔婉转的各种明示、暗示，到毫不留情地训斥，甚至到最后，看到大超深一脚浅一脚

的走路，芒果一脚踹到他腿弯上说：“你走路能不晃吗？”大超愣了一下说：“哦，可是我太高了，又这么瘦，我走不稳啊，你能别这么事儿吗？”

这样的架吵很多，每次都是鸡毛蒜皮的事，每次却又分毫不让。到后来连我都熟悉了他们的吵架套路，他们才终于分手了。听到这个消息，我兴奋地差点开香槟庆祝。因为身为闺蜜，在芒果跟大超谈恋爱的几个月里，我几乎从来没有在芒果脸上看到恋爱中的女孩那种智商退化、卖萌又傻帽的表情。一个男人的爱如果从来不曾有一刻把女人的头脑冲昏，真的不是因为女人太理智，他们只是不合适。

看上去，芒果也很坦然地接受了这个结局，没有难过流泪，没有郁闷抱怨，只是之后任由我怎么劝说她都不肯再开始一段恋情。然后就在这半夜的档口，下午受了刺激的芒果小姐跟我说：“你说我以前怎么没发现他这么好看呢？”我知道，这姑娘被我猜中了，每一个美丽却从此对感情不动声色的女人，心里一定都住着一个过不去的故人。

我忙不迭发过去一排砍刀：“傻帽，你别告诉我你旧情复燃了啊，你们俩本来就不是一路人！”

“我知道。”芒果小姐款款说，“我只是突然想，当初为什么不好好看看他，多发现一些他超出常人的地方，多赞美他。不要那么一直吵，能在一起几天，就好好在一起。当时怎么把时间都用来吵架了呢？”

她说完就没有了反应，不知道睡了还是昏死过去。我却感慨起来。

人有的时候很奇怪，欣赏一个人，就希望占有，天长地久地占有；可是占有的第一反应竟然不是珍惜，而是想改造——因为我希望能与你携手余生，所以我希望我能把你改造成更适合我的样子，当然，我也愿意接受你的改造。这个过程，你我都会经历阵痛，但是忍过这一段，我们就是世界上最契合的一对璧人了。

可是多少情侣就是在这个彼此磨平棱角的过程中分道扬镳。

我想起来一个老朋友跟我讲的他前任的故事。

两个人是在大学里一次学生干部培训活动上认识的，一群人都在热火朝天地攀谈，只有这个女生一个人站在角落里，对着窗口吹风。他一眼就喜欢上了这个格格不入的女生。

相恋之后，朋友跟所有男人一样，带着自己漂亮的女朋友出入各种好朋友的聚会，女生还是我行我素的一副冷美人的样子，一群人唱歌、打牌、聊八卦的时候，她都靠在角落里冷眼旁观。别人招呼她，她报以微笑，怎么都不参与。

朋友为此觉得很尴尬，两个人争吵的次数越来越多，最后也就分开了。

我说："真有意思，你爱上的就是她那一晚清冽的表情，却在相恋之后再也接受不了她的这种表情了。"

他说："对，其实在一起没多久我就知道，我们不是一类人。她的这种性格，我只是远远看着喜欢，但始终生活不到一起去。"

我说："你多聪明啊，你们很多人都这样聪明。相处不多久就知道，这条路，无论如何都不是眼前这个人能陪你走到尽头的。可是既然你知道结局早晚都会到来，为什么就不能好好、安安静静地走一段？毕竟此时此刻你们还相爱着。”

如果你早已知道你们不能白头偕老，那为了改造对方而互相折磨、彼此消耗的那些眼泪和争吵究竟是为了什么？在所剩不多的能继续相爱的时光里，我们为什么没有好好珍惜，奋力记住她微笑时嘴角的弧度？我们究竟为什么要那么不遗余力地改造对方？

旅行的时候我认识了一个姑娘，她的男朋友是少数民族，有非常严肃的宗教信仰，因为彼此和家人都坚守自己的文化和信仰，两个人都知道这是一段注定夭折的爱情。为了在一起，姑娘甚至挨过父母的打。可是她跟我讲他们的故事的时候，眼睛光彩夺目。

她妈妈听见她的话，对我们叹口气说：“既然知道没结果，长痛不如短痛，为什么不及早抽身？最好的青春都浪费在了这个男孩身上。”

姑娘悄悄跟我说：“可是，我们现在在一起都还很快乐啊。有一天我们去逛街，我看中了一个树袋熊的玩偶，因为朋友们都说我像一只总是睡不醒的树袋熊。我拿起来抱了抱，又放下了，因为那个玩偶要六百多块钱，可是那时候已经是月底了，我们都已经没有什么钱了。但是趁我不注意，他偷偷把树袋熊给我买了，那么大一个捧在怀里抱给我，买完这个他身上一共只剩下六块钱了，我一路哭着把树袋熊抱了回去。我知道我们都坚持各自的信仰，我说服不了他，他也改变不了我，所以我们不能结婚。可是至少现在，我们都还很相爱，我们也没有到了各自被逼婚必须要成家立业的时候，在一起一天，就忘记那些无能为力的事，好好在一起，我觉得挺好的。”

我觉得，这真是个聪明的姑娘。

很久以前，也是这么一个夜里，我跟前任C先生还是一对爱侣。我们给未来的宝贝取了名字，续年。续是他们家的字辈，年代表情意绵长。续年，是对爱情的期待，年复一年，始终如新。我用续年的名字申请了一个QQ账号，想着将来我儿子会上网的时候，这个账号该是牛气哄哄的九个太阳了。

我曾经问C先生：“你下辈子还会爱我吗？”

他说：“下辈子的事，我们谁也说不好。我只知道，我现在很爱很爱你，视你为生命，我今天离不开你，所以我会用我全力呵护我们的今天。”

分手后我终于明白，一个人给另一个人的最好的爱，未必是年复一年。有的时候，无论我们怎么坚持、抗争、不妥协，结果始终无能为力。感觉不在了就是不在了，不爱了就是不爱了，勉强维系只能让后果变得更糟糕。我很庆幸，我们都没有自私到明明给不了彼此明天，还要求对方向自己期待的样子再进行多一次改造。爱的时候就奋力爱，实在走不下去了就好好告个别离开。如果很遗憾我们没有天长地久，那至少记忆会天长地久得美好。

我用那个账号写了一条状态：

若能预知，当只诉恩爱不续年。

我爱你，低到尘埃里，如果你中途放开了我，我还是得自己爬起来，拍拍身上的土。我不是勇敢，只是别无选择。

我想我可以走得看起来很好，甚至更好。这一切都只跟我自己有关，实在无法说一句“谢谢你离开我”。因为你所做的只是摧毁了我获得一种幸福的可能，是我自己为自己在废墟中找到了另外的风景。值得感谢的是我自己，不是你。

说不出“谢谢你离开我”

01

每次榛子小姐快喝醉的时候，她就觉得周围突然安静下来，世界好像被人按动了遥控器的静音按钮，街景依旧影影绰绰，众人摇曳生姿，每个人的嘴里都呢喃着什么，就是听不清。此时的榛子就像自带消声器，自己跟自己说话的声音都听得悠远而缥缈。

“老板！再来二十个烤串！一扎啤酒！”她吼道。

大排档其他桌的客人纷纷侧目望她。榛子觉得喉咙有一种撕裂般的火辣，仍然觉着自己声音小得像蚊子哼哼。

“快一点！这边！”她怕别人听不到，高高扬起手向摊主示意。

闺蜜樱桃小姐赶紧戳戳她，俯在她耳边轻轻说：“你小声一点，都看你呢！”

“什么？”榛子小姐凑到樱桃耳边更大声地吼，“你大点声！”

“我说！你小声一点！”樱桃小姐把啤酒杯重重地放在桌子上。

“哦！”这次榛子小姐终于听到了。她恍恍惚惚看见手机屏幕不住地闪动，QQ 上那只呆萌企鹅在殷切地召唤她。榛子小姐盯着回复框上自己和他的情侣头像看了一会儿，选择了删除。

“我给你说！”她拉着樱桃走在午夜的马路上，风吹酒醒，周遭的声音大了一些。“今天分手，我头都没有回，老帅了！”她一边说，一边扭动着腰肢给樱桃看：“就是这么走！就这样，不回头！樱桃……不过我肯定走得比现在要直一些……嘿嘿樱桃，我好像有点喝多了。”

樱桃小姐赶紧快跑两步跟上她。她也不知道是不是每个女人分手之后都要像榛子一样喝得酩酊大醉，现在比较有意义的问题是，到底能喊谁来帮帮她把已经快瘫倒在地上的榛子背回去。樱桃小姐开始翻手机通讯录。

“樱桃！樱桃……”榛子含糊不清地叫着，慢慢蹲到地上，拽着樱桃的衣摆摇晃着，像一个受了委屈的可怜小孩，“樱桃……我现在有点控制不了自己了，我醉了。我求你，樱桃，不管我一会儿会不会哭着喊着叫他的名字，你都千万别打电话给他……千万别……我得让他一辈子记得，我分手时头也没有回……老帅了……樱桃！”

榛子小姐醒过来已经是第二天下午，她坐在床上环顾房间里惨烈的场面，暖水壶踢翻在地上，塑料盖子已经被踩得粉碎，床上的帐子扯掉了一半……

她半跪着想把帐子挂好，却“哎哟”一声一屁股坐下来。低头仔细看看，腿上一片青肿，胳膊肘也摔破了。

“坏了！”榛子小姐第一反应是喝醉以后跟人打架了。她赶紧冲到镜子跟前张开嘴巴，还好，门牙还在，脸上没有挂彩，就是两只眼睛肿得像核桃一样，眼线糊成一片，眉毛上还贴着一条假睫毛。

“唉，真是丢人啊！”榛子一边抱怨自己，一边想推开窗户透透气，然后就发现窗户被锁上了。

一般来说，榛子微醉的时候，樱桃顶多在她枕边放几瓶水；话特别多或者又哭又闹的时候，樱桃只要给她手里抱一只暖水袋，她就能乖乖上床睡觉；可要是她中途不省人事，樱桃就必须把榛子房间的窗户都锁起来。

因为有一次，樱桃把睡得死猪一样的榛子扔到床上然后回家，刚走出榛子家单元楼，如释重负一般抬头看了一眼榛子家的窗户，立即吓得魂飞魄散：窗户大开着，榛子坐在窗台上，两腿悬空，在夜风中荡啊荡的。

榛子在靴子里找到手机，准备打电话给樱桃道谢，却发现手机上有几十个未接来电和未读短信。榛子打开收件箱，发现昨晚十二点多的时候果壳先生发过短信："你还好吧？我担心你。"

那时候榛子肯定已经断片了，因为她记得，自己是在晚上七点多钟跟家人通完电话之后才放心喝酒的，可能喝得太猛，点的烤串还没有上，就什么都听不见了。

但是断片的榛子却在自己已经完全失忆的情况下在那条短信下回复了。她说："我好。我们永别。"

"哈，真棒！"榛子在心里表扬自己。她特别害怕自己醉得一塌糊涂，哭得乱七八糟，然后给果壳先生发一堆"我爱你""我想你"之类会让自己后悔得咬舌自尽的话。

喝醉之后，跟任何人说任何话都不用负责任，因为谁也不会当真，但只有对果壳先生不行，因为果壳先生是这次分手事件的男主角。人家说，酒后吐真言。有些话对任何人说都是醉话，唯独对他，是告白。

“叮咚！”短信又响了，依然是果壳先生。

“你还好吗？昨晚你说永别，我吓得不敢睡怕你出事。”

“我们已经分开了，你还管我死活干什么？”

“可能……像亲人一样吧……就算我们不能相爱，我都依然会挂心你，不允许别人欺负你，永远希望你好。”

榛子小姐不想说话，随手点开了QQ。消息提醒她，她与果壳先生一共有123位共同好友，问她要不要添加果壳先生。

“呆逼企鹅啊！”榛子哭笑不得地说，“要你提醒，你就不想想，有那么多共同好友的两个人却不是好友，这究竟是因为什么？”

02

失恋后的生活应该是有套路的。比如宿醉几天，低迷一阵，痛哭几场，暴瘦十斤。

可是榛子小姐一件事都没有机会践行。一夜之间，她接到了无数亲戚朋友的旅行邀请，天南地北的都有，她都怀疑自己不是失恋，而是在宿醉里驰骋疆场变成了保家卫国、备受拥戴的大英雄，以至于现在想衣锦还乡都不行，必须每天东奔西走去领奖。

榛子小姐出发了，从哈尔滨飞到广州，再飞去海南岛、马尔代夫、泰国……每到一处都有接机的朋友，带着她吃喝玩乐，绝口不问她分手的始末。

实
shi
K 7981
梦想
meng xiang

“你们就不问问我怎么回事吗？”榛子腮帮子塞得满满的，一边剥螃蟹一边说。

朋友把剥好的蟹肉递到榛子嘴边：“你想讲，半夜我都从被窝里爬起来听；不想讲，就好好吃好好睡。有些事忘不掉，但是自己不主动回忆就不会常常受折磨。”几乎所有人都这么说。

“玩得好吗？”妈妈这样问榛子小姐的时候，她已经完成了旅行的最后一站——回家。正一口一个地吃着妈妈包的饺子。

“可好呢！”她发自内心的回答。榛子从来没有想过，失恋的阴影会是以一种这样的方式消散而去。游历了几个月，榛子终于躺在家里软塌塌的大床上，跷着二郎腿翻微博，这一翻，就发现了问题。

有一个女人，头像是一张美人脸，带着两只兔耳朵，在自己两年前的一条状态下点了赞。

微博这个东西，最受诟病的一个 Bug 应该就是太容易手滑点赞。大多数人习惯于用右手划手机屏，所以位于右手边的那个点赞图标常常在划屏的时候神不知鬼不觉就被点到了。

对于女人来说，这样的一个赞往往有很多含义。首先，手滑点赞或许是正常的，但是一滑滑到两年前绝对是不正常的，这说明这个点赞的家伙像挖坟一样一条一条地研究过自己的微博；其次，有这种闲工夫的，如果是异性，充其量只能说明他是一个有大把时间却没有胆量的暗恋者，对于这种每天最忙的业务就是翻微博的男性，榛子通常都选择视而不见；但大多数情况下，只有女人才会这么做——你永远不要低估一个女人挖坟的能力，如果她想了解一个人，她可以把那个人的微博从第一条一字不落的翻到最后一条。而那个赞，就是在连她自己都无意识的情况下留下来的访问足迹。

这个小小的脚印对于榛子来说，不光是一种打扰，更是一种挑衅。因为榛子稍微看了几眼兔耳朵的页面就发现她跟果壳先生是同事。

预感本来就是准确的，寻根溯源到这里只不过是让整条逻辑链更加严丝合缝了而已：一个女人如果对一个男人感兴趣，她往往也就对她的前女友更感兴趣，所以这位前来围观并且挖前女友的兔子小姐，来者不善呐。

榛子不知道为什么突然火冒三丈，气得手发抖。她操起手机给果壳先生发短信："我不管那个兔耳朵是你的新欢还是暗恋者，请你转告她，不要对我刨根问底。"

"多大点事儿啊！"搞清楚状况的果壳先生回复说，"我早就告诉过你，不要总是在网上晒太多个人隐私，再说，人家明明也没有做什么，你要不愿意她访问你，拉黑她就好，我总不至于因为这么点小事去跟人家无理取闹吧。"

榛子小姐看着手机，眼泪吧嗒吧嗒地砸在屏幕上，她说："你不是说，你会永远把我当家人，那我受了委屈，你为什么不心疼？"

很久，果壳先生回复说："不是不心疼，我只是希望以后你学会保护自己。"

那一瞬间，榛子小姐忽然觉得失恋后的最后一道坎终于跨过去了。

有些事情你不想承认，不愿意面对，但是放在心里偶尔拿出来骗骗自己，总不如让现实自己跳出来给你泼一头冷水的好。

那个离开你的人，无论他走的时候如何恋恋不舍、如何牵肠挂肚，说你会永远在他心里也好，会永远把你当作家人也罢，前提条件都是，你只能安心待在他心里专门为你准备的那个角落。在那个角落里，他疼着你，保护着你，那块地方只留给你，装不下他人。可是如果你不自量力，想跑出来，跑到他现在的生活里较量一下，你终归会败得很惨。

一个已经把你从他的未来中删除的人，又怎么会再因为你而改写要走的人生呢？那只兔耳朵，或许是她的新欢，或许正暧昧，但你心里清楚，最大的可能，两个人只是同事而已，见面打个招呼，偶尔一起喝个咖啡，话聊不上两句就觉得不投机，所以她才会希望通过了解你来了解他。

可真是这样，才更让你心痛，因为就算是这样一个他不做考虑的竞争者，也轻而易举地打败了你。你的烦恼伤心对他来说不算什么，他觉得你哭一场总会好，但是如果因为安抚你的伤心而给他自己的生活平添了一些麻烦，那好像有点不值得。

回忆总是美好，相爱的日子里你都成为过他最爱的女人。但是千万不要用这种过去式的自信心去跟现实交锋。男人的承诺还在的时候，行动尚且未必跟得上；他如果连承诺都收回了，你就更不能妄想再在他的世界肆意妄为、所向披靡。

03

榛子小姐又重新开始画画了。她曾经的梦想是做一名插图师，房间里摆满了瓶瓶罐罐的颜料。她送给过樱桃小姐一本自己的画册，主人公是一个在生气时会变出机械手臂的女人，在画册的第二页，她就把自己的男朋友打得飞了出去。

后来，榛子小姐认识了果壳先生，他们恋爱了。果壳先生对颜料过敏，仅仅闻到一丁点松节油的味道就浑身起红疹。榛子小姐于是把她所有的绘画工具都送了人，连铅笔都没有留下。

而以前画画的桌子变成了熨板，她在那上面熨果壳先生的衣服，一件又一件，乐此不疲。

但是现在，她把它重新变回画板，又开始画画了。

樱桃小姐特别高兴，她拿着榛子新出版的漫画书跑去找榛子签名。“说真的，我觉得你应该谢谢果壳先生，没有他的离开，你只怕现在面对的就是灶台和婴儿车了！”

“放屁！”榛子小姐斜着眼漫不经心地说，然后在书的扉页上写下：“是我成就我。”

我也是在断断续续写完榛子小姐的故事以后才想明白一些道理。多少个失眠的晚上，我们都悄悄发一条微博，又在清晨删去。我们都说过：“谢谢你离开我，你让我成长，你让我有勇气做了最好的我自己。”

但是榛子小姐说得对，这纯属放屁。

你嘴里、心里说着感谢的那个人，不就是离开你的那个人吗？

分手后在你宿醉街头的那个晚上，把你连拖带拽地送回家，给你盖上被子、锁上窗户怕你半夜跳楼的那个人不是他；在你后来无数个想崩溃的日日夜夜，带着你看尽风景，陪你彻夜长谈，与你抱头痛哭的人不是他；在你把自己都撕碎了、揉烂了、丢失了的时候，把你找回来，一点一点拼凑起来，像教小孩子一样教你重新认识自己，重新学会笑、学会奔跑的人也不是他。

让你重新站起来的人或者是你的朋友，或者是你的家人，或者是濒临绝境都没有放弃的你自己。

你感谢他离开你，你觉得你是因为那段告别而变得更坚强，离开了一条你曾经坚信不疑的道路才在新的旅途上看到了风景，开出了花。但是你忘了，在重新拓路的过程中，每一步你都有可能踩进泥泞、落入深渊，你有多少可能变得无与伦比，就有多少可能陷入万劫不复。鼓励你一直走的是家人和朋友，让自己不放弃的是你自己。

表面上看，你确实是因为他的离开而变得更好，但变得更好这件事，其实跟他离不离开没有什么关系。

大多数中途把你放下的人是配不上你一句感谢的。你执意把自己更好的今天归功于他们，我害怕他们因此心安理得甚至洋洋得意：看吧，如果不是我忍痛割爱，如果不是我放开你的手，你怎么会有今天。离开你是为了更好的爱你！

不是这样。

你永远不能让他相信他成就你的方式是首先摧毁你，毕竟分开那天，他把你扔在了你们一同开拓却没有走完全程的半路上。身后满满的都是回忆，前方却荒芜得让人绝望。他大步流星地离开你的时候，你正坐在路边放声大哭，他知道你有多痛，也从内心希望你能站起来，但当那么爱他的你站不起来向他伸出手时，他却会连头都不回地走掉，为一个此后不相干的人浪费力气，他才不干。

榛子小姐在一个洗手做羹汤的梦里很久很久都没有醒，也不愿意醒。确实，她做一个插画师远比做家庭主妇有天分的多，可是变成一个贤妻良母却一直是她幸福的梦想，她愿意一辈子做一个不那么出色的主妇，哪怕因此丢掉成为一个很出色的画家的可能。

可是她的梦碎了，但她的生活还要继续。所以她选择重新出发，幸运的是她成功了。只是我们谁也不知道，那本插画书获得大卖的榛子小姐，她快乐不快乐。只听到她说，要感谢果壳先生，那纯粹是放屁。

有时候，爱对了，爱错了，真的没那么重要。爱情本来就曲曲折折，能一条路走到天光大亮的人我们只能羡慕他的好运气。绝大多数人都是磕磕绊绊，经历许多折磨，依旧不能得偿所愿。

而若你不幸陷入山重水复疑无路的困顿中，又有幸走出柳暗花明，请千万别谢错了人。

你有多么不遗余力地爱过那个放开你手的人，就该多么不吝啬赞美地感谢之后陪伴你的人，包括你自己。谢谢自己在他走后，没有不争气地沉湎于过去，谢谢自己有勇气重新出发为自己选择了最好的未来。

他所做的只是摧毁了我们获得一种幸福的可能，是我们自己在废墟中找到另外的风景。

所以，我们只能感谢自己，而不是他。

*If we can
enjoy e
ach
other*

PART 2

爱，就疯狂；不爱，就坚强

我们曾经那么相爱，爱到我以为失去了对方就失落了生活。但分开得又如此坚定。其实，这是最好的结局，牵手的时刻，和分开的时刻，都是刚刚好。

很多姑娘，她们需要那样一个结束的时间。不能太早，早得自己都还没准备放下；也不能太晚，晚到疲倦地不愿意再期待未来。

"为什么分手"是一个挺蠢的问题。越是爱得炽烈、告别得坚决，那中间的原因就越是说不清楚。

说清楚、想明白也没什么必要。你只需要让自己勇敢地往前走，只要你向前，那么痛苦最终就会成为过去。

爱，就疯狂；
不爱，就坚强

01

师父宣布要结婚的时候还顺便跟我说："明年你婚礼，我一定来。"

那时候距离我跟C先生计划中的婚礼还有整整一年。一年，足够使一个准新娘分秒必争都还觉得时间捉襟见肘，我从来都没有对家居摆设产生过兴趣，却开始对一个马桶圈、一个门把手上心；我的手机里装满了各种塑形APP，尽管之前我几乎从来不运动，却也做好准备为变成一个身材火辣的新娘吃些苦头；我的空闲时间都用来写婚礼小片的剧本，就连偶尔在学校的辩论赛上客串一把评委，看着场上慷慨陈词的辩手们，我都在跟旁边另一位准新娘评委讨论喜宴的风俗。

然后差不多两个月以后，我跟C先生决定分开了。这是一个重大且艰难的决定，没有谁抛弃谁，就跟几年前我们心照不宣地在一起一样，我们彼此告别。我几乎把所有勇敢都投入在这个决定上，白天若无其事，夜晚万箭穿心。

那个时候，几乎每天都有朋友在微博上圈我，提醒我看各种新款的婚纱和婚礼布景。对于一个刚刚结束恋情的人来说，提醒幸福比提醒分手更让她难过。很多时候，我特别想公开发布一条状态宣布我们已经分道扬镳，一了百了，却害怕那些一直关心我的朋友们刨根究底，让局面更加煎熬。于是我试探着先发了一条微信给师父，我说："师父，我们分手了，已经决定了。"

然后我就开始挖空心思为这段无疾而终的恋情找一个听上去名正言顺的理由，试图从三年多、上千个日夜里回忆每一次争吵和沉默，让这个突然的决定有一个顺理成章的借口。想了半天，焦头烂额。

微信却响了。师父说："你决定了，那就一定有你的道理。我只是怕你难过，所以我得提醒你，晚上早点睡，因为夜晚最难熬；或者来我这里散散心。"

我盯着屏幕，眼泪簌簌而落。

师父的一句话一直陪伴着我："爱，就疯狂；不爱，就坚强。"

02

有一个女孩儿找到我，说要讲讲她的故事给我听。她说：

“他刚带我回家的时候，我们还都上大学。他们家住在一栋很大的别墅里，父母严肃且保守。我们俩一个睡一楼，一个睡二楼。

“那时候是冬天，就是传说中那种“北方人在南方冻成狗”的南方天气。偌大的房子就算把空调开得再高，也还是冻手冻脚，一说话就冒白气。

“我体寒严重，大夏天都手脚冰冷，在他们家就算穿着棉衣包在被子里也瑟瑟发抖，一张脸永远冻成铁青色。晚上，他等父母睡下就偷偷跑到我房间里，帮我把被窝捂得暖暖和和的，然后把我冰冷的脚贴在在胸口，刚贴上去，他冷得一个激灵，但是我的脚渐渐暖起来，他就笑得跟孩子那么开心。我们俩依偎在一起，悄悄憧憬着未来，常常聊着聊着就睡着了；为了怕被早起的父母发现，他会定一个凌晨三点的闹钟，闹钟一响，他就翻身跳起来，光着脚往楼上跑。楼梯冰冷，他的床也冰冷。

“我们就这样度过了很多个冬天。我们常常互相搓着手呵着热气，认真盘算着再也不用半夜落荒而逃的日子还有多远。

“后来，我们结婚了，我们终于能名正言顺地睡在一起了。但最终，我们却分开了。”

她的讲述停下来，似乎在等我发问。

我说：“那你一定有你们分开的理由。”

她说："对。谢谢你没有问。"

03

恋爱的时候也吵架，事后C先生很受伤地跟我说："我们可不可以约定一下，以后吵架不许说分手，如果你再说，可能就真的要分手了。"

我看着他，没有搭话。我一共跟他提过三次分手，每一次的场合我都记得。我吵架的时候常常话赶话，该说的、不该说的都脱口而出。但唯独"分手"这句话，每一次都做好了充分准备，不是危言耸听，不是以感情做筹码，我是真的打算承担后果的。

因为我是个对感情很认真的人。当我跟朋友们说，"我跟他结束了"。这是一个没有预设退路的陈述句，代表我宣布，不论你们惊讶还是惋惜，困惑还是心疼，我都已经是一个人了。

我认真地在手机上敲出"我们分手了"，然后发送给C先生。之后的很多个晚上，我都想起大学校园的青葱岁月，伤心难过。半夜睡不着的时候我常常发微博喃喃自语，我写道："记不记得我们说过，我们的儿子要叫续年，代表情意绵长。我没办法预想，多年以后我们在街角相遇，你挽着你的妻子、牵着你的儿子，续年乖巧地叫我一声'阿姨'，我该是怎样排山倒海得难过？"

C先生看过这条微博，发信息给我说："你的这些话让我很动容，也很心痛，现在我跟你一样不知道该如何决定。"

我说：“你多心了。这些话我只是说给自己听，我们早在那天我说分手之后就已经分手了。我从来不会用分手来威胁谁，说出来就代表决定了。”

我会把每一个同我对话、跟我讲故事的姑娘都预设成对感情极度认真的姑娘。这样的姑娘，不轻易决定，也绝不会回头。

04

每一段认真的感情，不论长短，看上去波澜不惊还是电光火石，相伴而行的两个人都一定克服了不为人知的困难。

但有些爱情，看起来很强大，实际上早已在大家都不知情的时候被掏空了。所谓的轰然倒地，真的是两个人都已经无能为力。

没错，一定有一些理由。那些理由写出来就像一部小说，抽出任何一个章节都不能独自成书，甚至读完全本你都还觉得或许还有另一种结尾的方式。但这就是爱情，把所有坚持的理由都试过了，就有可能落寞地收场。别用你的一厢情愿去想象别人的爱情，更别用你的刨根究底去扰乱别人的决定。

现在的我，偶尔想起过往，只觉得那是一段美好又现实的梦。可若要我把故事写成书，我暂时依然写不出来，回忆难免伤心，日后路还长，我总得把元气用来征服远方。在自己还没有强大到波澜不惊地讲出过去的故事的时候，硬讲一场，不过再受一次伤。

试着理解跟我一样倔强又勇敢的姑娘吧。不论你如何参与过她的人生，对于爱情这个决定，只有她自己有权利判断对错。她哭一场，你就让她哭一场；她睁眼到天亮，你就让她到天亮；她不后悔，你就不要费心劝她回头。

一百句“你们为什么会这样”，不抵一句“爱，就疯狂；不爱，就坚强”。

WORLD

分手这件事，或许不至于闹得两个人老死不相往来，但我想你依然有必要知道，分手意味着从今往后你的荣耀我不与你分享，你的愁苦也不再有我与你担当。
没有人应该在分手之后长久地给谁祝福，既然选择了分头去寻找自己的路，那就只能自求多福。

是我给的祝福太多

蕊妮跟大东分手的那天，神经兮兮地叫齐所有朋友来家里吃饭。

“吃吧。”蕊妮做好最后一道汤，在围裙上擦擦手坐了下来。我们谁都不敢动筷子。

小卓问我：“会不会毒死咱们？”

我紧张地看着面前散发着诱人芬芳的食物，偷偷戳了戳大东说：“哥们儿，你先吃吧，万一真的有毒，这一桌人死得最不冤的就是你。”

大东视死如归地看了我一眼，看看不动声色的蕊妮，又看看饭碗，深吸一口气呼噜呼噜地往嘴里扒饭。

“你喜欢饭前先喝汤的嘛。”蕊妮边说边盛了一碗，细细挑出香菜、略去汤面的浮油，递给大东。“没别的意思，就是想最后再给你做顿饭。我们两个人吃太尴尬，就叫了朋友。”

看来死不了了。我们都长舒一口气准备开动。

蕊妮红了眼圈，却始终控制着没有让眼泪滚出来。她从茶几上拿起一个塑封袋递到大东手边：“这里面是你的身份证、护照、租房合同、水电煤缴费卡，还有些零零碎碎怕丢的东西，你随手乱放，我就一直仔细给你收着，现在还给你。你好生照顾自己，天凉了就别再在冰箱里放冰冻饮料；家里的门锁有点松，关门经常会自己弹开，记得换一把锁吧；你的冬衣都收在储纳间棕红色的大箱子里，趁着太阳好晒一晒，别翻出来就穿；打车的时候下车前看看车后座，再落了手机，没有人跟在你屁股后面帮你拣……”

大东低着头，眼睛死盯着桌子上的一盘肉。肉干巴巴的，像此时的气氛一样。“嗯。”他说，“我先走了，你们吃好。”说完抓起塑封袋，拎着衣服就站起身迈腿要离开。

“大东！”蕊妮突然凄厉地唤了一声，紧跟着站起来，眼泪终于滚落出来，肆无忌惮地淌。

“完了完了，这局面要失控！”小卓一拍大腿伸手去拽蕊妮，“你干什么，你让他走！你这样是干什么你！”

蕊妮没有理会小卓，任凭她怎么拉扯都倔强得直挺挺地站着，大东头都没回，已经走到了门边。蕊妮又凄厉地喊了一声：“大东！”

我踹了小卓一脚说：“拽住了别让她撞墙！”

蕊妮身子抖了抖，突然像一个泄了气的皮球一样瘫软下来，向着大东的背影叫：

“我会永远都祝你幸福的。你可一定要幸福啊！你不要过得不好！大东！”

大东已经连影子都挤出门去了。

晚上，我们谁都不敢走，四五个人挤在蕊妮的床上守着她。一直守了好几天。

蕊妮看上去还算正常，仍旧按部就班地上班下班、吃饭睡觉，偶尔在我们的劝说下出去逛逛街买买衣服，人没有大瘦，只是记性变得有点不大好。

比如说，她经常忘了哪一天是星期几，睁眼一看已经八点半了，连早饭都顾不上吃，慌忙洗把脸赶到公司，却发现整间工作室连个鬼影子都没有。她就慌忙给我打电话，在电话那头喊得撕心裂肺：“我那个丧心病狂的老板，卷了我的工资带着小姨子跑了！一声招呼都不打，人就不见了！”

我也不敢骂她，只能温柔地安抚：“宝贝儿，你消消气，原地别动啊我现在去找你！我们去看场电影做个SPA，等明天，周一，你再来，他敢再不开门我带一箱雷管去帮你给他大楼炸了！”

再比如，她也经常想不起来自己去过的地方。我们去吃回转寿司，坐下后她去了洗手间，过一会儿丁丁就给我打电话说：“文静啊，是你跟蕊妮一起出去的吗？”

我说：“是啊，她去洗手间了你找她有事儿？”

丁丁就说：“那你现在去洗手间找她吧。她忘了自己是要去哪家店，还打电话给我，非说是跟我一起出来的，让我现在去洗手间接她。”

我猜，这可能是蕊妮开启的自我保护装置，为了忘记一些心痛的往事，她把自己格式化了，而且显然她还没有完全掌握内存的填充方法，于是把不该忘的也忘了，甚至把自己都丢了。

可是好像也不全对。因为有的时候，蕊妮的记忆力又出人意料得好。

三月底的一天晚上，我们聚在蕊妮家里喝啤酒吃炸鸡，酒足饭饱，昏昏欲睡。差五分钟十二点的时候，蕊妮的手机突然响起来，把我们吓出一身汗。

蕊妮说了一声“闹铃提醒”，就抓起手机跑到阳台上，赤着脚坐在地上。我们面面相觑，暗叫一声不好，赶紧跟了过去。却看到蕊妮在发短信。

她的眼泪狠狠砸在屏幕打出的字上：“大东，凌晨准时的祝福，生日快乐。我希望你找到了幸福，然后一辈子幸福下去。我只是想祝福你，收到就好，勿回。”

我其实挺想告诉她，就算你不加最后那两个字，大东也是不会回复的，说不定他早就换了号码，也说不定你早就躺在了他的黑名单里。心破碎成那样了，还拙劣地给他的冷漠找一个因自己而起的借口，有意思吗？

我打了个冷战。春寒料峭。

之后，蕊妮借着公派的机会去了国外，一走就是两年。其实大东还在我们的朋友圈里，他只是跟蕊妮不再是好友了。我们谁都没有再跟蕊妮说过大东的近况，奇怪的是，她的消息比我们更灵通。

大东升职加薪了，她发短信祝贺；大东买股票亏了一大笔钱，她发短信安慰；大东的外公病逝了，她让他节哀顺变。

蕊妮的祝福总是有各种各样的理由，除了结尾始终不变的那句，“勿回”。

大东真的从来没有回过。

就在蕊妮的退场时间已经久得让我们把一切淡忘的时候，我又见到了她。还是三月底的那一天，依然春寒料峭。蕊妮气色好了很多，笑容也更甜美了。我们一群人依旧喝着啤酒吃炸鸡，却谁都不敢睡，死撑着还没过十二点，蕊妮却小声地打起了鼾。我们面面相觑，小卓说：“我去！病得更严重了，这下连大东生日都忘了，大脑彻底烧了吧。”

第二天一早，蕊妮醒了，哼着歌给我们做早餐。

小卓没有忍住，脱口而出：“蕊妮，你忘了昨天……”

“是大东的生日吧？”蕊妮飞快地看了一眼手机日期，“我还真忘了。”

“蕊妮，你冷静啊，短信是不是十二点发都没关系的，他生日还没有过，今天一整天都作数呢！”

“我干什么要发短信给他？”她认真得看着我们反问。

我们又被她弄愣了，半晌才说：“你可真是个贱人。”

蕊妮说：“刚跟大东分开的时候，我真的过得很不好。我过得不好不是因为我忘不掉他，而是我拼命提醒自己不要忘记他。我知道，他是因为有了别人才跟我分开的，我就更希望自己变成特别有情有义的那种人，一直祝福他，永远祝福他，拼命祝福他。这一切不会让我感觉更好，我其实真的很抱怨他背弃了我们的誓言，忘记了彼此的责任。但我那时候想，至少在这样的对比之下可以让我看上去好一些。

“可是时间久了，我反倒觉得这一切都是我的错，一定是我还不够好，他才会从我这里去到别人那里。一定是我的问题。我于是耿耿于怀，折磨自己，那段日子我觉得昏暗极了，我从来没有那么讨厌过自己。

“但是有一天，我突然想通了。不是我的错，也不一定是大东的错，是我给的祝福太持久，这才出了错。一段感情到最后，就算一个薄情寡义，一个义薄云天，那又怎样，这种对比没有什么意义。唯一能让自己好起来的是把该说的话在分手那天说完，让日后的生活不再拖拖拉拉，没完没了

地纠缠。”

似乎所有的分手都意味着永不再见。但我也听过太多人在这句话的末尾加上一句：但我会永远祝福你。今后不再与你同甘，若你遭遇不顺心，我必定与你共苦。

我曾经由衷地佩服过这种有大情大爱的人，可现在我反倒觉得，当一段关系结束了，你的祝福也就该收回了。至少，不要再给他知道。因为你同甘共苦的那份决心和勇气，如果真的能让他觉得好一些，他也就不会头也不回地离开你，然后对着你那句“勿回”，真的一个字都没有回。

你知道给予爱，也该学习收回爱。既然已经是路人，你何必再贤惠给他看?

那天下午茶，已经恢复元气的蕊妮突然问我：“想象一下，如果有一天你出了大名，记者让你对着镜头跟前任说点什么，你怎么说？快快快，不许思考，看着我就当是面对镜头，快说快说！”

我看着蕊妮，认真说：“嗨，我想说，我真的已经没有什么可对你说的了。”

蕊妮扫兴地搅拌着咖啡说：“你真没意思，无情无义！”

我说：“要说有情有义，我宁可他死了，每年清明，我都去在他坟前上炷香，认认真真哭一场，一直到老。因为如果他死了，他此生最后一个伴侣是我，最后一份爱情记忆也是我，我永远祝福着他，占据着他，一点都不自私。可是，他好好地活着，他的生活会由别人填充，我给的祝福也就应该到此为止。”

到此为止。不是因为爱得不够深。

是足够深。多到在或长或短的记忆里已经不遗余力，所以结束之后，再多一分都给不出，也无法真心给。

很庆幸，在你精力最充沛的时候，你为他和你们的未来做过不遗余力的努力；

也很庆幸，在你已经筋疲力尽的时候，你能够放下所有未完成的心愿，去寻找另一种幸福的可能。

你没有不勇敢，你只是学会了判断。

那个让你筋疲力尽的人

你若爱过一个男人，情到最深就是渴望照顾他，看不得他受苦。

他拖着一身疲惫下班，你会愿意听他控诉办公室政治的险恶多端，劝慰他放宽心——哪怕你今天过得也并不顺心。

他遭遇挫败，你会心疼地托住他的脸颊，扳正他的脊梁，让他虚弱地在你身边靠一会儿——哪怕此时此刻，你比他更需要一个怀抱。

你停留在他身边的每一刻都仿佛一个盛大的仪式，隆重地对待每一个跟他有关的议题；你并不是救世主，但是你心甘情愿地这么做了。

你离开得也太过轻手轻脚，所以起初，一切都似乎还是你在时的样子：他的耳畔还回荡着你的安慰，他的记忆还锁定着你鼓励的笑脸，他每天兴致勃勃地工作，甚至还是为了满足你昨天提出的那个有点幼稚的愿望。

然后有一天他后知后觉地发现：深夜回家的时候，似乎许久都没有灯光等待他了；想泡杯茶，水壶里的水已经冷了很久了；你买菜的零钱还放在那儿，你却再也不会出现在早市那条喧嚣的街了。

等他终于意识到这些的时候，你已经休养了很久，眼泪早就风干了，心事也不再拿出来向人诉说。他的世界开始塌陷的时候，无论他如何发疯似地找你、懊恼、失落、自我折磨，你也不会在意了。

你依旧会偶尔看他的微博，看那些寂寞的呢喃或者煎熬；你偶尔听到他的信息，知道你的离开也并没有他预料得那么好。

但那又怎么样呢？

虽然你没有被绑住手脚，但是你知道你不会像电视剧里那些失落彼此的主角一样跑回他的身边，

虽然你也没有被收回话语权，但是你也不会在他难过的时候，像曾经那样给他一些安慰。

也许你依然相信，未来会有一个懂得珍惜你的男人，你的错他照单全收，你的好他不会辜负；遇到他时，你依然会竭尽全力地付出，心疼他的

疲惫，温暖他的伤悲——像曾经那个不管不顾的自己。

只是对他，你不会了。他只是那个让你筋疲力尽的人。

其实我们的一生，谁会有幸不遇到几个让你筋疲力尽的人或者事情呢?

你明明很爱一份工作，却在最后一次面对那些不懂装懂、无端挑剔的客户后，递上了辞职信；

你明明很想完成一个目标，却在又一次失败后，做了别的事情；

你明明很爱一个人，却最后一次打扫了你们的房间和记忆，关门把钥匙留在里面。

不是因为软弱无力，只是你累得不知道继续的意义，或者是你终于明白，继续，没有意义。

也许爱情就是一场修行，让我们正式地跟命中注定的过客告别，不论他们曾寒来暑往、同甘共苦地陪我们走了多远。

就像在青春里挥尽了最后的力气，才能坦然接受衰老；就像在一个人身上耗干了最后的慈悲，才会顺服地听从内心而离开。

从此不后悔，因为不再有放不下的念想。

不知道离开你，未来的路是不是会变得更好走。
但至少，我准备好了独自前行。
我会记得你的好，忘记你带来的烦恼；即便以后再也没有如你一般温暖的怀抱，我也觉得此时分开好过我们死磕到底。
这大概就是这场告别的意义吧。

该何时跟你说再见

01

在一起的第四个年头，我发现我对C先生的忍耐已经临近边缘。

起初，当他一如既往跟我喋喋不休办公室政治怎么步步惊心的时候，我嘴上虽然依旧跟他一起痛骂某个中年秃顶的蠢蛋领导，心里却暗暗为他混迹单位这么久却始终摸不到顺风顺水的不二法门而生出一些不满。

我开始下意识地与他保持一些距离，希望能营造出小别胜新婚的喜悦来。然而即便我们两个月没见面，我依然在他开始投入地讲述同事间钩心斗角的时候思绪神游。这种负面情绪像一只被困的小兽，虽然手脚被束缚住，那一声声嘶鸣也让我心烦意乱。我看着午睡的C先生偷偷问自己：我不爱他了吗？真的该结束了吗？

C先生突然起身一脸恐慌地抱着我，表情像个受到惊吓的小孩子。他说："我梦见你不要我了，我要没有老婆了，我很难过，我该怎么办呢？"

心里刚刚还张牙舞爪的小兽立刻乖乖地蜷缩进幽暗的角落里，柔软地舌头舔舐着我思绪里刚刚强硬起来的念头。我看着C先生的眼睛，慌乱中倒映的是我的脸。我握着他的手，坚定地说："我们不分开。"

我是说真的。那一刻我知道，我们正经历着每一对情侣都可能经历的疲倦期，但除了携手一起闯过去，我们别无他法。因为那一瞬间我在C先生的眼睛里看到了预演的分别，那种慌忙无措的窒息感深深击中了我，我看到我们分明像两棵纠缠不清的藤蔓，正盘根错节地牵扯在一起。一起经历的那些苦痛，不过像互相攀附玩耍的两个孩童，一个踩了另一个的头发，一个打了另一个的脸颊，其痛感远小于独活。

有的时候，你觉得一段感情已经走到尽头，甚至看得到将要落下来的幕布，但是要分别，哪怕只是想一想，都让你觉得痛不欲生，除了十指相扣继续走下去，似乎没有更好的选择了。

02

大约我跟C先生都嗅到了情变的异味，我们决定去旅行。

旅程是大学里早就计划无数次的，从相识牵手的母校开始游走，那时候我们一直想去重庆看江景，然后定居在成都，过一辈子慢节奏的生活。于是我们就这么出发了。

路过大学时候最常吃的大排档，学生依旧人山人海。当年在这里，他先给我买了一个冰激凌，找一个空位把我安顿好，自己趿拉着人字拖在人群里冲锋陷阵，很久才汗涔涔地拎着大餐盒小餐盒地跑到我身边。他爱吃肉，我只吃素，我把餐盘里的肉都挑给他，他在我面前堆满青菜。他常常说，双人餐只有跟我吃才吃得又饱又满足，我笑着捏捏他肚子上的肉，嘴上说着不许再吃，却又悄悄把肉丢进他碗里。

那天，我们俩面对着汹涌的人潮都躲闪地异常吃力。C先生不停地为自己笔挺的衬衫躲避着学生们的烧烤酱汁，我的一袭长裙也不知道怎么在油迹斑斑的椅子上坐定。我们俩傻愣愣地站在一边，等高峰渐渐褪去，才走上摊位前买了一堆以前常吃的食物。

油腻腻的食物还是以前的样子，不知道为什么，明明早已饥肠辘辘却谁都没有食欲。沉默一会儿，我夹起一块肉递到C先生嘴边。C先生侧了侧头说："算了吧，脂肪肝。"

我叹口气说："我们还是找个咖啡厅吃简餐去吧。"

白天的时候，我被C先生牵着手走街串巷，他喜欢摄影，给我拍了好多照片。他会为了抓拍我的一颦一笑而趴在地上，旅途中认识的小姐妹羡慕地说我好幸福，我笑笑，心里充满荒凉。因为只有我知道，在很多年以前，我们还没有单反相机，只带着手机出游的我们从来不会是这个样子，每到一处，还没好好看看风景，就摆出僵硬的笑脸望着镜头。那时候的照片粗糙且稀少，照片上我没有化妆，他也只穿着宽松的迷彩裤，但那些风景永远镌刻在我们的脑海里，不像这一次出游，所有后期修饰精美的照片都被放进一个文件夹——“摄影作品”。

那几天，尽管看上去欢声笑语，但其实我们心里都很沮丧。我一直以为是由于偏离了熟悉的生活节奏而变得磕磕绊绊的，后来才知道，即便回到最初的梦想里，我们也一样物是人非。

走到黄龙的时候，感冒加轻微的高原反应把我撂倒了，C 先生急得鞍前马后端水喂药，我突然就在他怀里哭了。他自然明白我，摸摸我滚烫的额头让我不要多想好好睡觉。好多天来，我第一次睡得那么踏实。

我跟 C 先生说：“我最年轻的笑脸都在你的相机里。”

他说：“也在我心里。”

其实我们都感觉得到，新鲜的爱情慢慢地变了味：我们依然在意对方，但那更多的是出于多年陪伴的恩情。没什么办法能让爱情起死回生，因为你知道它丰厚甜美的样子有多美好，所以如今看到苟延残喘的光景，你能准确地知道，一定没救了。

亲朋好友都在问我们什么时候结婚，我们尴尬地敷衍着旁人，却不知道怎么给彼此交代。C 先生支吾着跟我说：“婚礼……拖延一些吧，现在我们的状态都不好。”

我斩钉截铁地说：“我们分开吧。”

他说：“好。”

说完，我们都如释重负，好像找回丢失了许久的默契。

03

这当然不是我跟 C 先生全部的故事。甚至连百分之一都不算。

但即便这么轻描淡写，也已经让我肝肠寸断了。

我跟 C 先生曾经有多相爱呢？那天我收拾东西，看到钱包夹层里塞着一叠已经旧了的信笺，翻开才发现那是我写给他的信。

有一年，我生了一场小病，虽然不严重，但是 C 先生已经吓得魂飞魄散；我打电话跟他说我没事的时候，他在电话那头突然号啕大哭，他说我无法想象如果你不在了，我怎么办。

那一刻，我忽然觉得生命脆弱。不仅因为猜不透明天和意外谁先到来，还因为在这个世界上，我跟 C 先生，我们的生命彼此攀附、彼此牵连，如果我不在了，他便丢了魂。于是我养成习惯，当我要乘飞机、看医生、出远门的时候，我都会提前写一封信塞在钱包里，幼稚地想如果此行发生意外，要提前给他一些叮嘱和安排。

离开 C 先生后，我无数次在梦里见过他。

梦里，我们诉说着分别后的思念和牵挂，抱头痛哭；每个梦的场景都不一样，有的在人群熙攘的街头，有的在溪水潺潺的草甸，有时候我们牵手走在校园里，他送我到宿舍楼下看我上楼，我快步跑到二楼的窗户边，刚好看到他往回走的背影。

梦的结尾，都是他远远地站在我对面，雾气朦胧，我看不清他的脸。他喊我过去，到他身边。我都在那时突然清醒起来，分不清是在梦境还是现实里，一字一顿地说：

“我们，回不去了。”

我们曾经那么相爱，爱到我以为失去了对方就失落了生活。但分开得又如此坚定。其实，这是最好的结局，牵手的时刻，和分开的时刻，都是刚刚好。

04

姑娘们，我不准备讲太多我跟 C 先生的往事。

我想跟你聊的是，有些爱情啊，最幸运的是在适当的时候牵手，又在适当的时候放手。

该放手的那个时刻，一定不是某一次激烈的争吵之后，因为战火的余温依然会排山倒海般袭来，你招架不住；

该放手的那个时刻，也一定不是无数次激烈的争吵之后，因为你当然不能让余生的回味里只有硝烟和战火，熏得你不住地流泪。

但是我无法帮你精准地计算那个不是太早、也不是太晚的时间点。因为就算我有这样的灵力，我首先希望你们能天长地久地走下去。不过我知道，很多姑娘，她们需要那样一个结束的时间。不能太早，早得自己都还没准备放下；也不能太晚，晚到疲倦地不愿意再期待未来。

你还在犹豫。虽然你足够聪明，已经知道这一场全心全意的付出无法皆大欢喜；你不是不勇敢，你只是还爱着，你想继续好好经营。毕竟一生只有为数不多的那么几次，未来无关紧要，信念特别年轻，好好地继续爱着眼前人，不全是为了天长地久。

那个剧终的时间，你的心会告诉你。

那一天，不管是风还是雨，你心里都是风和日丽。你当然会痛苦，会前所未有地感受到孤独，但是再给你一百次选择，你都不会回头。

就是那个时刻，对于离开他而独自行走的未来，你开始不自觉地有所期待；你甚至愿意承受此时此刻所有离别的苦痛，走到那个不知道前景的明天，勇敢地试一试。

能在恰当的时候好好地告别，未尝不比一生一世更算得上是一件幸运的事。

Carnaval

生命里总有一个人，记得显得多情，忘记未免凉薄；提起不免唏嘘，封存时又惦记；你怕他离开你从此过得好，那会显得你没有那么重要；更怕他过得不好，因为他的安好比你的小私心重要。

让你安然入眠的、辗转反侧的，气定神闲的、草木皆兵的，胜券在握的、溃不成军的，都是这段该死的爱情。

但它总值得一试。

只要爱了，
时间就没有浪费

最让我妈妈耿耿于怀的一件事就是没有阻止我在大学里面谈恋爱。

妈妈好朋友家的女儿跟我差不多大，曾经一次跟妈妈讲起来她大学的男朋友：两个人相恋了四年，感情如胶似漆；只可惜毕业之后各自听从家人的安排回了家乡，然后慢慢地就没有然后了。女孩子说起男友之前的百般疼爱，依然哭得梨花带雨，爱情分明还在，距离却让所有美好的回忆恍若隔世，我妈也跟着哭得够呛。

于是妈妈就觉得，大学的恋爱很不靠谱。不管多么恩爱，毕业之后劳燕分飞是多数，白白浪费了时间而又伤心。

可是当我的恋爱大幕徐徐拉开的时候，她看着我每天捧着手机喜笑颜开的样子，渐渐地把这些话放进了肚子里。

只可惜，我跟C君毕业之后坚持挣扎了一阵，面对现实，最终还是缴械投降了。两个人也不是说不再相爱，只是没曾想那些自以为掷地有声的海誓山盟在柴米油盐面前，竟然溃不成军。

看着我哭，妈妈又气又心疼，忍不住责备自己没有坚持原则，当初就该像王母娘娘一样，给我们画一道银河。

对这些话，我不置可否。爱情对有的姑娘来说，是调剂，常常乐在其中却也知道对自己来说爱情并非必不可少，大不了就重整山河，把跟前任说烂了的情话再说与新人听；但是对有的姑娘来说，爱情却是信仰。我属于后一种姑娘，所以当生活把我的信仰打得七零八落，我就失掉了恋爱时只在乎曾经拥有的那份勇敢。

有一段日子，很多编辑找我约书。我虽然不是个勤快的人，但寻摸着几年下来写得东西怎么也得有个几十万字。然后我翻翻电脑，几十万字的书稿是有，大多都是恋爱时天地不怕的豪言壮语，当时笃定的那些话，现在连自己也说服不了。我懊恼地把几年里的几十万字都删除的时候，真的有一瞬觉得浪费了时间。

然而，我又清楚地知道，过去发生的一切都是一段又一段的独家记忆。

我们曾经去凤凰古镇走了一遭。那么小的古镇，我们足足待了四天。我们在边城书店买了好多书，文艺的有各种散文和摄影集，更多的是光怪陆离的苗疆巫蛊和湘西赶尸。吃过早饭，我们各自搬一把竹椅坐在阳台上，对着安静的沱江看书。看累了就互相讲讲刚才读到的故事，C君总嫌我把故事讲得冗长又不尊重原著，听一半就夺过书说，我还是自己看吧。于是我就跟在他屁股后面，喋喋不休地继续讲。

月亮升起来，我们就穿梭在夜市上吃东西。有一天晚上，遇到了全县大停电，先是虹桥上的店铺突然漆黑，我们往回跑的工夫，路过的酒吧就一片片地安静下来。刚刚还欢歌笑语的沱江瞬间陷入沉睡。我们俩借了一截红烛，摸黑爬到阳台上开始聊天。黑暗中，内心变得特别坦白，我们十指紧扣地交换着秘密和软肋，不知不觉，红烛燃尽，天光大亮。

临走那天我跟C说："将来我们结婚了，找个机会再回来，还住这家客栈，还这样聊整晚。"

C笑着牵过我的手说："将来怕是我们有了很多很多钱，看不上这样的地方，也咂摸不出有什么滋味。"

不过几年光景，物是人非，才知道C所言甚是。现如今，就算是我自己，也已然没有了当年的兴致和体力能从学校坐十几个小时的火车硬座颠簸到湘西，在寒冬冷雨里看得到诗意。可就是因为连我们自己都会长大、难免变老，所以在你年轻的时候陪伴过你的那个人，不论他的离开让你的世界怎么塌陷过，你都不会觉得他给你带来美好的那段日子因为没有结果而显得没有意义。我永远会记得，那个停电的晚上，陪我不停说话的那个人，他虽然没有用一生陪我，但就在那个晚上，他让我觉得，等待黎明的时间不会漫长。

我不认为一段爱情结束之后，你一定要从中学到点什么。就像你曾经花了很多个晚上躲在被子里看漫画，因此熬坏了眼睛也耽误了不少功课，但那个时刻，除了那本漫画书，没有什么能让你笑得那么灿烂。爱情有时候就是这样。

我跟你说这些话，不是在为失败的爱情做总结并且劝你吸取教训。我就是想絮絮叨叨地跟你聊聊，因为遭遇挫败的时候，有的人需要一壶酒，有的人需要一本书。我得让你知道，不管你怎么样得溃不成军，你都不必为那段旧时光感到懊悔。你此生不会再有那样年轻冲动的时候，而那个爱过你、包容你、也深深伤害了你的对方，离开你之后，也一样在老去。他最年轻的时光也是给了你，不论他是不是愿意，你也依然镌刻进他的时光里。

你必须相信，你从来没有在错的时间遇到对的人。如果你有幸拥有过，

就没什么好遗憾的。那个对的人，他也出现在了对的时刻。

我的每一个朋友遇到了有可能交往的对象的时候，只要他们问我，我都会兴致勃勃地鼓励对方说：“追啊，快追啊恋爱啊！”

爱可能会痛，付出的心意也可能收不回来。我不怕痛，也不怕心意被浪费。

怕得是到感觉迟钝、刀枪不入，都没有痛过，也没有被浪费过。

就像故事剧终，C对我说：“再见小猴子，谢谢你给了我一段无与伦比、永世不忘的青春回忆。”

我对C说：“再见大猪，也谢谢你，因为我可能再也没有那么年轻的时光，陪伴一个男人成长。”

旧时光都会翻篇，有些被遗忘，有些，注定被珍藏。

PART 3

不是没有伤痛，不过是带着伤痛继续生活

梦想照进现实的方式，有时是一缕阳光，有时是一把碎片。
被扎得遍体鳞伤的我们，并非走出了伤痛，不过是学会了带着伤痛继续生活。

痛苦就是痛苦，你记住这种疼痛，就能知道下一步该怎么走，你就知道从此该怎么为自己选择良人，怎么爱人。
你一定会好起来，所以最应该担心的是你为了逃避痛苦，让自己好得太快。

止痛这回事，并不那么迫切

恋爱的时候我常常问C：“你爱我吗？”

“爱。”

“有多爱？”

“很爱，遇到你我就不再想和别人在一起。”

“那我们下辈子还在一起好吗？”

“别急，先把这一辈子平平稳稳地走到底。”

每次对话到这里，我就觉得C简直是扫兴。恋爱之所以加上“谈”这个动词，不就应该信誓旦旦地说一些“山无棱、天地合”之类的话吗？可是直到分手我才觉得，C果真是机智。一生不长，很多事情还没有来得及做就已经错过了最佳时机；可一生又分明不短，以至于你已经奔波累了，想歇歇了，它还在不厌其烦地为你呈现着一幕又一幕的惊喜和惊吓，那些说好了走一辈子的人，走着走着就恍如隔世。

在时间面前，任何的承诺好像都为时过早。

我一直知道，C的电脑里存放着一个漂亮女孩的照片，很多张，他甚至专门为她建了一个相册。虽然C从来没有承认过那是他的女神。C似乎也没有很频繁地跟那个女孩互动，不过那个文件夹里的照片也基本都跟女孩子新上传的照片保持着同步更新的节奏。我一张一张地浏览着，女孩儿的确生得美，笑起来眼睛弯成月牙；我一手点着鼠标，另一只手握着C的手，我感觉到他手心微微沁汗。

“你要是不高兴，我就删了，真的没有什么别的想法，我就是觉得挺好看的，随手就保存了……”C慌忙解释。

我说：“连我都喜欢看美女，何况男人。喜欢就看看，没有什么，留着吧，我也爱看。”

说我不计较简直就是说我很能装。我根本没那么大度，心底的醋坛子打翻，酸味已经蔓延到嗓子眼。可是我知道，删了她，从此逼迫C对她取消关注，他也有可能以我更不容易发现的方式偷偷去看，男人的小动作往往防不胜防。但那对我来说也并不是最糟糕的结果，最糟糕的是C很在意我的话，从此真的就不再看了。那样的话，这个女孩儿最好的年华、最美的容颜就永远定格在他的脑子里了。往后，山变水变，我会长出第一道皱纹，然后长出第二道、第三道，从妙龄女郎逐渐变成干瘪无趣的老太太，甚至连爱情都会斑驳衰老，可是那张美好的脸却会在他的脑子里永远年轻。所以我希望他依旧这么关注着她，看到女孩儿也一样伴随着时间老去，最终变成一个平凡的拎着菜篮子赶早市的老太婆，他才会感叹，才会死心。

我们永远都不能逼退别人脑海中的女神，我们永远也不能让别人相信女神也会在未来的某一天，佝偻着腰背和我们一起跳广场舞。唯有时间可以。

世界上最有力量的就是时间。汲取这种力量唯一的方法就是耐心。

我写这些是要让你知道，就算最炽热的爱恋、最疯狂的痴迷都会在时间里渐渐降温、渐渐冷却。如果你想通了这些，即便现在正被失恋的痛感苦苦煎熬着，又有什么可怕的呢？爱情之所以璀璨，是因为我们从来不停止耕耘，那倘若这样悉心浇灌的爱之花都伴随着时间改变了形状，你又何必担心你们已经不再为之浇水施肥的那段回忆会让你永远过不去呢？

越痛，就越想早一些从痛苦里解脱出来，可就是因为太着急才更容易犯错。

在我伤心欲绝的时候，恨不得一天把前男友骂八百遍，倒不是他真的有那么不好，否则我也不会因为离别而感到痛苦；可是只有想一些他让我伤心失望的事情，我才会觉得现在的处境好一些，心里好像才没有那么难受。

那时候我给自己订下一个目标：三年之内，我要把这些故事和反思写成一部可以出版的作品。三年看似很长，可那时候我却觉得几乎不可能实现，因为提笔写字就好像在用刀撬开还没有结痂好的伤口，一笔见血，不出三行，血流如注。

但你们看，差不多只有一年的时间，我就已经能坐在这敲字了。虽然写到一些片段，心还是能感觉到像是被重重锤击了一下，但也不会痛得立马停笔了。我甚至开始后悔，最初分开的那段日子，我不应该逢人就把他形容得那么不堪，毕竟这段持续了数年的感情，幸福和感动占绝大多数，半途而废虽然辜负了彼此一片赤诚，但从另一个角度看也不失为一种互相的坦承和对感觉的认真，总好过出现第三者，让我以失败者的身份仓皇逃窜；更好过遭遇感情骗子，我掏心掏肺，对方却从来都是敷衍应对，不损失一鳞半甲。

如果能再回到分手的那个节点，我想我可以表现得更理智一些，理智未必能让自己解脱得更快，却能把自己留在他心里的最后一幕演绎得更完美，那会让我更心安理得。不过就算我知道该怎么做，我也回不去了，于是只能奉劝你别轻易决定，别着急冲动，你不需要询问任何人该怎么做，因为任何人都不是你，他们见到你流出来再多的血，也不能亲身体会那种切肤之痛；最好的应对方式，时间都会教给你。如果你现在不知道该做什么，就暂时什么都不要做好了。

我这么说，听上去好像是在告诉你“时间是最好的解药”，但我知道你不想听这个，你需要立即止痛，你需要一些方法让你能从此时此刻痛不欲生的状态里解脱出来。可是我只能告诉你，很遗憾呢，就算是世界上最好的医生都无法给你开这样一剂止痛药，你只能痛，必须痛，也应该痛。

为什么不呢?

那么认真地对待一份感情，描述过太多可能的未来，心愿折成船开往远方却再也不会归港，怎么不值得你好好痛一次呢？你记住这种疼痛，就能知道下一步该怎么走，你就知道从此该怎么为自己选择良人，怎么爱人，你更应该借着这种窒息的痛感想明白从此你希望如何被对待。

很多重蹈覆辙不是你注定命途多舛，而是在前一个伤口本应该花更多时间才能痊愈的时候，你投机取巧了，你让它好得太快。疼痛太短暂，才会好了伤疤忘了疼。

我记得一个彻夜伤心落泪的晚上，我忽然接到了一条未关注人的私信，点开一看是C。那个时候我和C已经把对方所有的联系方式都删除了，交谈好像也只能以这种百密一疏的方式。

C说：“这几天我拼命地加班，你知道我以前是最痛恨加班的；可是现在我需要让自己忙碌起来，让疯狂的工作把自己塞得满满的。连领导都心疼地问我，你怎么还不回家啊？只有我自己知道，回去，家里的灯也是黑的，也没有人在等我了。我打开家门，看见墙上还贴着我们的合影，我

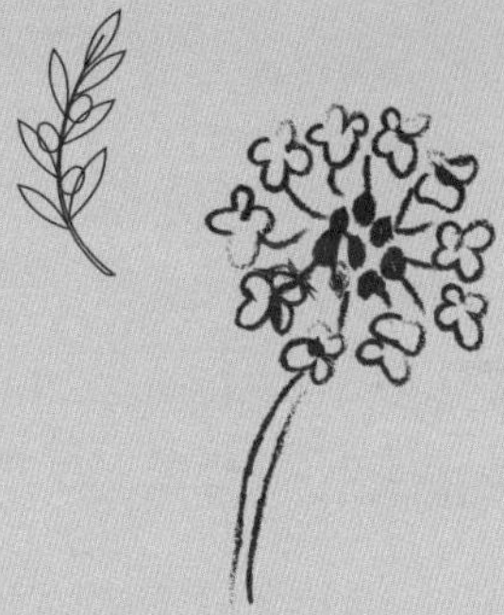

Simple life,
simple love

们一起贴的幸福树还在那里，我就一下子瘫软在地上彻底崩溃了。我知道这段日子你跟我一样难熬，就让我们晚一些再形同陌路，一起搀扶着度过这段伤痛期吧。”

这番话说得我好心疼。我抱着手机蹲在墙角里放声大哭。

可是我知道，谁都不能陪我走过这段伤痛期，C 尤其不能。我们隔空拥抱、安慰着，只能越来越痛、越来越彼此需要。既然已经做了正确的决定，那就只能忍着疼，自己静静等着它结成疤。

我必须要记住这种撕心裂肺的感觉，才知道以后该怎么为自己谨慎挑选，才知道今后怎么绕过类似的磕磕绊绊，不再落入一个个甜蜜的陷阱。

从另外一个角度来说，无论分开这个决定做得有多么正确，我和 C 还是深深地辜负了对方。这些年，彼此都把自己最年轻的生命用来陪伴对方，彼此都交换过最坦诚的心事。我们两个都是性格倔强且没有安全感的人，若不是像信任自己一样相信对方，是绝对不可能把自己的软肋让对方握在手里的。可是我们都这么做了，所以每一次争吵我们都知道怎么让对方最疼。

于是分开后这段撕心裂肺的痛苦，也如同对我们的惩罚。惩罚我们没勇敢和坚定，因为一些磨难就忘记了曾经一起吃过的苦，因为一时看不到未来就忽略了已经走过了那么远的路。致使我们分手的问题不是到后来才有，它一直存在，只是开始我们都认为我们是自己的爱情卫士，无论怎么艰险，跟在一起比起来，都不重要；可是后来，我们都对现实妥协了。事情也许没有严峻到再多走一步就不可以，感情也未必已经消耗得一点都不剩，未来依然还有一百种幸福的可能，而我们最后都软弱地选择了不能抵达终点的唯一一条路。

所以痛一些是好的，时间并非不能救赎你，它只是不想立刻把你解放出来。没有为一份承诺负责到底，就理所应当要感受到痛苦的惩罚。

亲爱的你，你要明白痛苦的意义，就能明白为什么你要忍耐住当下，并且只能独自承受。这个过程没有快进键，也不应该快进。你一定要忍住，一定要勇敢。总有一天你会跟我一样感谢那段痛不欲生的日子，也许此生你都不再有机会经历那样一次深夜里的痛哭，哭过之后，你不仅把那个让你落泪的名字藏在心底，更会永远记得那一份情怀。

也许总有一天我们都会向这个世界妥协，步履蹒跚，白发苍苍，时光会让很多东西变得不确定，想起他你甚至会怀疑，我真的爱过他吗？真的爱得那么深吗？

只有那段痛苦的记忆能回答你。

我跟你说过的所有的话，讲过的所有故事，只是想为此时此刻正在体会撕心裂肺的你分散一下注意力。我希望你痛而不绝望，希望你知道这一切终将过去，此时此刻经历的一切都会成为你未来的意义。

有的人说，告别一段伤痛的最好方式就是立即开始一段新的恋情。这纯粹是扯淡。开始得太快，对于打发时间有用，对于暂时忘记有用，对于获得幸福却毫无用处。你复原得太快，就不会忌惮再遭受同样的伤害，就算前面有一个一模一样的深渊，你也还是有可能踏进去。但却未必每一次都能幸运地走出来。

退一万步，经年之后你想起那些煎熬得如同身在炼狱的日子，就知道自己的青春有多么丰富，就知道此生此世都有一个人，你们可能从此再也没有见过面，但他与你一样，从来都不曾忘怀。

情书泛滥的年代，班主任说：这张写着情话的纸本来就是一张普通的纸，但是它署上了你的名字就变得很不一样。你们要学着郑重对待自己的名字，不能随随便便交付给任何人。

走到最后
方为最爱

夜深了。我跟刚失恋的吉椰坐在家里看《深夜食堂》；看了一会儿就饿了，我递给吉椰一桶泡面。她撕开盖子，突然瘪瘪嘴想要哭。

我诧异地问：“你咋了？真的中了方便面没有调料包的诅咒了吗？”

吉椰啜泣道：“小驴姐，我想起我跟他第一次见面，他就在自习室里哧溜哧溜地吃泡面。天气很冷，他头顶氤氲的热气好像一朵祥云。就算他离开，我都觉得，他是我这辈子最爱的人了。”

“我一辈子都不会再遇到更爱的人了。”她重复道，眼睛里浮现着往事。

我不看她，兀自把热水倒进她的面桶里。她的头顶也飘起一朵祥云，迅速在她眼睛里形成一场降雨。

我说："你知道吗，一年多以前，也是这么冷的晚上，我看《深夜食堂》看得直叫饿；他二话不说走进厨房，一会儿工夫就变戏法儿似的端出一碗卤肉饭和一大盆肉圆汤。我霸占着两个碗，馋猫儿似的围着热饭热汤打转不敢下口，他笑笑把一勺汤吹冷了喂进我嘴里。那时候，他也是我最爱的人呢。"

吉椰止住了哭，红着眼睛望着我。

我继续说："那时候我们的愿望，是去一个边陲小镇，远离喧嚣，开一个卖特色饮食和各种奇形怪状小玩意儿的店铺。简餐店是我开的，名字叫慢时光；奇趣店由他经营，店名叫快下手。店名说的是我们俩，相遇了就不假思索地快下手俘获对方，然后厮守余下的时光。

"他刚工作的时候，压力大得濒临崩溃，每天下班回家总是有各种各样的抱怨。有一次他对着墙壁擂破了手，我抱着他哭着说，我们走吧，按照我们的想法，过自己经营的生活。

"他望着我苦笑，叹口气摸摸我的头说：可是那样挣不到钱，我拿什么养你，我的宝贝？

"我目光灼灼，从未如此坚定，我说，只要你开心快乐，就算你觉得摆地摊能让你快乐，我陪着你一起摆。

"你看，我是多骄傲的一个人，说出这样的话，吉椰，那一刻，他也一定是我最爱的人吧。"

吉椰完全不哭了。

我继续说下去："后来，我们分开了。我也跟现在的你一样以为今生不会遇到更爱的男人。就这样过了很久。很久以后，一次机缘巧合，他传了一条信息给我，他说：'我突然想，如果父母不在了，谁会是我最能信任的人，谁又是最爱我的人？我竟然想到只有你，不由得苦笑。'"

吉椰抢答似的说："你怎么回复他的？这是个很不错的信号呢！"

我笑着不言语。

当我问，谁是你最爱的人，你想起了谁？

一定有一些姑娘，想起那个已经不在枕边、却从未从心头抹去的名字。

我不知道你们是不是跟曾经的我一样，疯狂地追随市面上各种疗愈的文字，每天把自己拾掇得潋滟蹁跹，一个人做着曾经两个人的事：去最爱的那家餐厅点一桌子熟悉的菜肴，就着眼泪咽进肚子里；挤在人堆里买一张热映的电影票，然后在黑暗的放映厅看着右手边的空座位默默地塞满嘴爆米花；一个人加班到深夜，然后对着万家灯火、美食飘香的朋友圈发出一声女强人一般的呐喊……

你像超人一样地活着，一个人支撑起原本两个人相依为命的生活，并且试图让它看起来更好。然后在一个个卸下华服和伪装的深夜，疲惫不堪地瘫软在地上，对着镜子说："众人以为我快乐，只有我知我累。你走后，我再未有一日如同看上去那样好，看来，我此生最爱你。"

姑娘们，分手之后，比回忆恋爱中美好的细节更让你难以痊愈的，是为掩盖失落而强颜欢笑的那些努力。我不是在告诉你，不要从过去的尘埃里站起来；我只是心疼你，这样疲惫地站起来。

你总得经历一些狼狈不堪，才能明白一个道理：重温恋爱细节的意义，不是让你因为曾经的美好而再次跌回过去，而是为了让你前行得更加决绝。

就像此时此刻，你可能正颠簸在夹杂着汗臭和嘈杂的公交车上，那个曾经跟你一起挤公交、紧紧搂着你肩膀的男人，或许已经买了车，他的副驾驶座不再是你的；

就像此时此刻，我正跟吉椰哧溜着一桶泡面，而那个圣诞老公公般变出一桌美食犒劳我肚皮的男人，或许正为另一个娇滴滴的女孩儿变出七碗八碟。

我这么说，你或许更难过。但之后你会好一点。

你该明白，你誓言里此生最爱的那个男人，正大步流星地向着与你无关的未来奔去，他真真切切地给过你青葱年华里无与伦比的回味与疼惜，这是你的独家记忆，任谁都收不回抹不去；但这些美好此生不再只为你一人上演。不论你是否愿意，总会有那么一天，他会像爱过你一样去爱别人，会为别人披上嫁衣，给她一场你梦中的婚礼。

念念不忘，必有回响。但是善良的姑娘，我不希望你的回响，伴随着未来他携妻带子、幸福洋溢地与你擦肩而过，而你却像梦想破灭般五雷轰顶、万念俱灰。

于是，当你念念不忘所爱，你该想想他曾让你如何众星捧月般幸福，然后留下此时此刻孤单憔悴的自己，看看他的离开让你如何痛不欲生。你才会明白，值得你一生挚爱的人，他不会把你抛弃在通往幸福的半路上，任由你风吹日晒。无论以什么名义。

吉椰问我怎么回复那条短信的？

我说："谢谢你的信任。在我们携手共行的那些旅途中，我的确是你最值得信赖、最深爱你的伴侣；但从分手的节点开始，我只会忠诚于我未来的丈夫、我的家人。如果需要取舍，被我保护的人，一定不会是你。全心全意地爱，是我所受家教赋予我的美德，可惜你把它当做我对你一人的承诺，并看成是我无论如何不会离开你的理由。"

亲爱的姑娘们，你要相信我，我也曾像现在的你一样，以为错失此生挚爱，无数次从深夜哭到黎明；

朋友们问我为何还没有归宿，是否还念念不忘过往？

其实我早已明白，"你是我此生最爱的人"是一句至高无上的褒奖，我不能颁发给任何一个半途而废的过客，无论他以什么理由中途退出了我的生活；真正值得如此殊荣的，一定是那个陪我牵手余生的人。

也许我们相遇时，都已不是衣袂飘飘的年纪，忘记了为一枚狗尾巴草戒指心跳的感觉；甚至我们已经足够理智地开始计算房子、车子、孩子……那又如何？这个在未来无数个日出日落，照拂我、指点我、关照我、容忍

我的男人，在我疲惫不堪时搀扶着我，在我生病卧床时照料着我的男人，他看到我每一条皱纹如何生长，明白我每一滴眼泪是为谁心伤，如此相伴一生，他如何不值得我以“最爱”来褒奖他？

擦干眼泪吧姑娘，再美的曾经，如果让你折戟归港，你何苦带着他再度起航？

不得不承认，不论是否愿意，在让你为之肝肠寸断的那个人走后，你的生活再也不能恢复到他出现之前的样子。这是坏事，因为你常常会因此感念物是人非；这也是好事，如果你开始明白：告别之后，你依然可以并且值得继续当下的生活，你花了如此多的精力和心血让生活一点一滴地丰富，那么分手真的不应该成为你摧毁这一切的理由。

为你保留着的习惯

有一天晚上，多年不见的老朋友找我叙旧。我们在操场上走了一圈又一圈，直到下了晚修的学生们都回了宿舍，周围静得只听见风声。我们走到看台边想坐下来。

我还是当年大咧咧的样子，腿跨过看台就要坐；他拽住我胳膊，从口袋里掏出纸巾仔细地帮我擦起凳子来。

“风这么大，肯定全是灰。”他头也不抬地说。

我惊讶地眼睛差点掉出来，叫道："你没事儿吧，挺大一老爷们儿，现在随身带纸巾啊你！"

他擦好凳子坐下，跟我有一句没一句地继续聊天。良久才说："我之前谈过一个女朋友，她身体不好，经常流鼻血，我就总是在兜里装一包纸巾备用。时间长了，就养成一个这么娘的习惯。"

"分开多久了？"

"两年。"

那时的我，不知道该说什么好，总觉得再多说一句都会触碰那段依然滴血的回忆。哪知道他说："两年，对方的面貌都有点想不清了，这个习惯却还留着。不过这真是个好习惯，要不然咱俩今晚就得坐在残枝败叶里了呢。"

后来，我也有了一些相似的经历。

我的前任有些很奇特的爱好。比如喜欢养异宠，蜘蛛、蝎子、蜈蚣、蜥蜴之类。

大学周边有一个古镇，第一次一起去玩儿的时候，我正兴高采烈地弓着身子看一家宠物店里的垂耳兔，他忽然把一条胶皮假蛇挂在我胳膊上，我顿时吓得甩手大哭，哭到连店老板都忙不迭做棉花糖哄我。

我从小就怕虫子，各种没脚的、多脚的，没毛的、有毛的，滑溜溜的、黏糊糊的，都是我的死穴。路上不小心碰到，马上像被火烧一样蹦起来。

当我又一次被一只火玫瑰蜘蛛吓得哭肿了眼，前任无奈地把牢牢扒在他手上的小怪物赶回盒子里，委屈地说："它多可爱啊！你这么怕，好吧我不养了吧。"

我悄悄地从他背后探出头来看了那个小家伙一眼。

好像它还有点可爱。

你永远不要小瞧一个火力全开的女人。我就这么一边吓得直哭，一边把一盆面包虫一条条从罐子里拎出来在桌子上按身长大小排队；一边捂眼睛跺脚，一边偷偷从指缝里把墨西哥红膝头、洪都拉斯卷毛的名字记了个一清二楚。

这个壮举曾经让朋友们咂舌。他们无数次跟我说："小驴你不用这么拼吧，你爱他便爱他，何苦委屈自己接受那么可怕的东西？"

当年无论怎么解释都不会有人相信，直到分开一年多，我已经独自把一只洪都拉斯养得毛色发亮。我心情差掉眼泪的时候，它抓着肉嘟嘟的面包虫吃得肚子滚圆；我心力交瘁的日子里，把它遗忘在角落里几个月，它却顽强地蜕了一次皮，饿得精瘦精瘦，却在我掀开盖子看它时，精神矍铄地对着我。我知道，他的爱好，已经变成我自己的兴趣。

我见过一些女孩儿，分手之后为了避免睹物思人，忙不迭地屏蔽跟对方有关的一切：

K歌的时候，执意不点一起听过唱过的歌曲，然后发现自己再没有什么会唱的；

吃饭的时候，拒绝再吃一起吃过的食物，然后菜单上那些陌生的名字让自己难以下咽；

你退了一起办的按摩卡，然后抱着奔走一天灌铅似的双腿蜷缩在墙角；

你不再去一起踱步过的街头，然后在茫茫人海里踟蹰不知道去处。

……

于是你发现，回归到一个人之后，世界不再像以前那样善意地对待你，你变得像一个失去了自理能力的废物，这种无能为力的慌乱会让独身的感觉更糟糕。

一定是哪里错了。

姑娘我要跟你说，做熟悉的事，保留以前的习惯，如今不再是为了迎合、取悦别人，这是你的生活，已经融入到你的骨子里了。你为什么不承认，又为什么要抽身？

你发疯似的删掉所有的联系方式，打包丢掉他送你的东西，拉黑了他的朋友，对他们的关心和问候视若无睹。

那个人和这些与之有关的生活，是你们这些年的全部记忆。你失去了他，退还了他们，赌气般地孑然一身。可是亲爱的姑娘，你，就是你自己，你才是这几年跟他拥有最细致绵长、最掰扯不清的记忆的人，你打算怎么收拾自己？

我才不在意你那么粗暴地处置这些记忆。我只担心，这样的你，不能善待自己。

当我摆弄我的蜘蛛和模型的时候，我从来不怕有人说，嗨，看看这个可怜的姑娘，爱人已经走了，她还对他喜欢的东西念念不忘。

我不在意这些。我把他的喜好变成了自己的爱好，并且钻研地更好；把他的朋友变成了自己的知己，甚至比他们关系更密，这不正说明着我过去那一路，走得多么充实。

此时此刻，如果你正在打包销毁过去的记忆，我劝你停下来，好好吃顿饭、睡一觉。你身边只是走了一个熟悉的人，仅此而已；而你正在做的一切，或许才真正地摧毁你的生活。

新的生活，不是从宛若海啸过后的一片狼藉开始；

你要学着让他走，只有他走；除此之外，一切照旧。

有勇气奔走在长夜里的那个人是不会因为路程漫长而心生怯意的；
一段等待之所以执著是因为知道明天始终会来；
这世间唯独有一种等待让人经受不起，就是你突然发现原来只有你自己在这漫漫长夜里踽踽独行。

你经不起什么样的等待

有一种人，上天注定她出现在你的生活里。你参加比赛的时候，她就跟你同台竞技，战绩有时不如你，有时比你好一些；你工作了，她是你的竞争对手，你们的实力半斤八两。因为有这个家伙的挑战，你对待任何事都不能太敷衍。起初是想赢她，后来越发觉得，没有她就没有意思。时间久了，这种从好胜心演化而来的惺惺相惜就淬炼出了最纯正的友谊。

S 就是这种人。

S 的恋爱谈得比我还要早一些。他们是在社团认识的，男孩比她年纪小一点，看上去乖极了。每次一起吃饭，我都不免摆出娘家人的架势板着脸教训他几句，让他对 S 好，他总是摸着脑袋乐呵呵笑着答应，一副做错事的小朋友模样。S 跟我一样是山东姑娘，温柔起来小鸟依人，真正需要拿主意的时候，又雷厉风行；这样的姑娘，如果遇到一棵树，她十分乐意收敛羽毛乖巧地歇一歇，可如果她喜欢上了一株幼苗，她就会不遗余力地照料。很显然，S 遇到的爱情是后者。

毕业那天晚上，S 挽着我的胳膊在校园里逛了很久。我们的大学在西南边陲，夏天的夜晚也有潮湿微凉的寒意，汗流浃背的我们被晚风一吹通体发冷，S 打了个冷战，仍然一副欲言又止的样子。我知道，毕业对于任何一对情侣来说都是不小的考验，而且 S 男友的家人对 S 并不太友善，离校时间表似乎就是他们这段爱情的倒计时，对于他们的未来，我有多少困惑，想必 S 就要面临多少磕绊。

可是那个夜晚，我知道我什么都不该问，也不该随意发表言论。他们相爱多少天，就有多少个故事，就算所有的故事都指向同一个的结论，你也无法对一个相信爱情的人宣判，因为爱情就是希望，在希望没有破灭之前，所有人都在等待柳暗花明的那一刻。

我握了握 S 的手说：“如果暂时看不到未来，也许是因为天太黑了，等天亮就好，来日方长。”

毕业后，S 留在上大学的地方，进了一家律所，S 的男友回了家，两个人从此分隔异地。随着生活逐渐稳定下来，我跟 S 的联系也淡了下来，因为彼此的日子都没有了那么多动辄就值得分享的惊心动魄的片段。有些事讲出来，对方也是无解，比起多一个朋友一起担忧，S 选择默不作声的一个人等待天亮。

我陆陆续续地知道，S 换了几家律所，不断地加薪，从第一个月的两百块钱，到后来拿到几万块钱；她游历了一些地方，从工作的地方回家，休息饱了又回到了工作的地方；她渐渐得从一个初出茅庐的小姑娘成长为一个优秀的职业女性，她跟我讲起职场经历来，几天几夜怕是都说不完；因为 S 是一个非常会讲故事的人，哪怕她只是从经历里抽取一个片段讲给我听，都能讲成一段跌宕起伏的完整的故事。唯独讲得支离破碎的，始终是她跟男友 J 的故事，她总是跟我说，“我们挺好的”、“还那样”、“再说吧”、“我也不着急”……我知道，她说得不多，就代表不好。因为比起一成不变的工作和朝九晚五的生活，再没有什么比恋爱更值得细致描述的了。

J 的家人依旧不太接纳 S。S 从来不催他，她是我身边少有的没有拖延症的人，但在这件事上 S 更相信时间，她觉得再顽固的家长也会被一个女孩子长久绵延的等待而感动。如果爱情没有问题，那么水到渠成本来就是一个时间问题。周遭的朋友常常劝S说："有些事，该谈的要谈，谁也不知道时间会不会改变他家人的心，但时间一定会改变一个女孩的脸。"S在电话里跟我嗤嗤笑着复述了这段话，她说："我正在找出路，我准备去他的城市，离得近了，很多问题就能迎刃而解。我投了一些简历，已经有一些收到了回复。很快我们就能结束异地恋，我等的明天越来越近。"

毕业两年以后，我借着旅游的机会跟毅然辞职追随爱情的S在顺德相遇了。

第一天，我没有见到J，第二天、第三天……J好像依然跟她隔着几条铁路线和几个飞机场一样，只通电话不露面。S准备去几家律所看看，J说公司忙请不下假，于是我陪着她在J的家乡、在我们两个小姑娘都人生地不熟的地方没头没脑地找起工作来。第一家律所规模小得吓人；第二家专门承办交通肇事案件，跟S的专长相差甚远；第三家的老板是个油头粉面、一说话就色迷迷的秃顶老头，没聊几句，我拉着S就跑。这几家律所简直是星罗棋布在城市的四角，从一个到另外一个要穿越城市的对角线，一番舟车劳顿，连我都有些泄气。S跟我说："还有最后一家，我们去看看吧，这也是我之前最看好的。"

S说的那个地方连公交和地铁线都百度不到，眼看着出租车的计价器跳到了一百七十块，司机把我们扔在了一个算得上荒山野岭的地方，远远看见一座挂着法律咨询牌子的孤楼。接待我们的律师显然也没有想到出现在面前的是两个身形单薄的小姑娘，他看着我们在烈日下晒得赤红的脸，不好意思地说："我们这里办的都是刑事案件，所以选址靠近看守所，会见方便一些；看守所嘛，你们也知道，都是在这种地方。"

回去的出租车上，S一言不发，我沉不住气地说："我劝你趁早打消这个念头，这什么鬼地方，公交都不通，你要一个人住旁边的村子里吗？你疯了！"话还没说完，S的眼泪就大颗大颗地往下掉。

周遭渐渐看到了市区的样貌，我赶紧招呼司机停车，拉着S躲进路边的肯德基，然后看着她哭完了一盒200抽的纸巾。S啜泣着说："我也想找好一点的律所，他在中山，可是中山的律所太难进了，我根本连简历都塞不进去；我想先在顺德落脚，比起刚毕业那会，总算不是异地了，可是J还是觉得我们不够近，让我想办法到中山去工作，可是我去不了啊……你知道吗？去年我一个人在律所上班，生病住院了，挺严重的，他都没法来陪我，就只有我一个人……"

我得承认，我骂人了。一个男人最失败的莫过于让自己的女人哭，别人哄。我问S说："你告诉我，你们俩最幸福的事是什么，你到底爱他什么？"

"他……在大学里真的对我很好。他很照顾我，也很有耐心。"

"可是S你这么聪明，等了这么久你明明知道出现好结局的可能性微乎其微，你这么执著究竟还有什么意义？"

S揉了揉通红的眼睛说："正因为我等了这么久，如果等不来一个好的结局，那我之前的等待不是白费了嘛。你问我意义？我也不知道，我只知道想让一切变得有意义就只能继续等下去。等待就算希望渺茫，也总还是有那么百分之一吧，如果前功尽弃，那就真的没有明天了。”

我写过那么多故事，却不知道到底有哪一句话能让S瞬间明白，这个男孩，在你们朝夕相处的学生时代，他给你的陪伴和照顾是真的；可是你不能一辈子靠回忆支撑着生活下去。那些过往一定都有意义，正因为有意义，它们才并不一定需要有一个美好的结局。在我们年轻的时候，坚信爱情，执著等待，一次次地为之努力，没有什么比这些更能让一段青春变得难忘。

S跟我说J一定有苦衷，不愿意讲出来是怕她跟着担心。这种话我从来都不信。J如果像S爱他一样爱着S，他会不远万里地来到S身边；就算不能，他也绝对不会在S已经拼尽全力向他靠近了九十九步的时候告诉她，“我希望你再多走一步”。

所有的爱情最初都是以美好的形式打动了你，行进了一段之后，它往往需要一些时间和耐心来渐入佳境，可你要明白，有的人值得等待，有的人却应该放手。你永远不要因为曾经同甘共苦过，就卑微地匍匐在地上孤独地前行。值得你等待的那个人，他一定不会眼睁睁地看你如此，他会跟你一起为了迎接黎明而做些什么。

有时候，我们总是太善良，当所有的坚持都濒临崩盘的时候，你还是在鼓励自己，你为之坚持的另一半此时此刻也一定跟你一样为了美好的明天而奋力攀行。可是，这个世界上每天都有梦想在破灭。梦想照进现实的方式，有时是一缕阳光，有时是一把碎片。被扎得遍体鳞伤的那个人，常

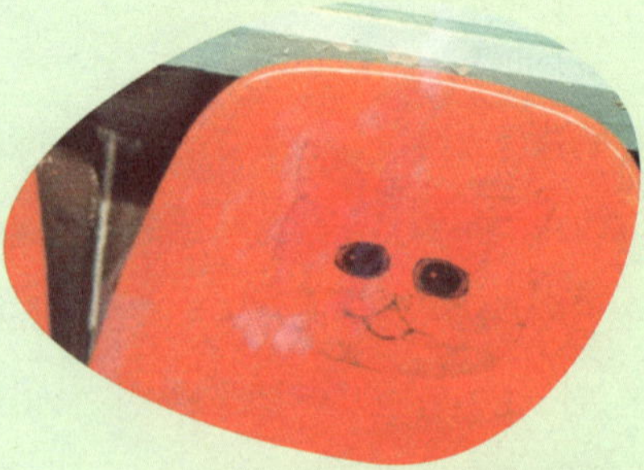

常是因为她给所有残忍的征兆都安置了一个善良的借口，然后信任地呈现着身体最柔软的地方。

很抱歉，我无法告诉你怎么识人。而且，就算给你一本标准答案，你也未必愿意翻到最后一页看看结局。就算有一万条揭露谎言的捷径，你也愿意相信还有一万零一条的可能。

终于有一天，S 打电话给我，没说话就开始抽泣。哭了好一会儿，最后声音平静地跟我说："我们分开了。我累了。"

我说："那我祝你从明天开始，重新做一个漂亮的单身女人。你肯定会时不时地陷入回忆里，难过得快窒息了。但是在爱情这条路上，谁不是一边受伤，一边学会坚强？"

我知道，浴火重生后，S 一定能变成一个更棒的姑娘。

因为我开头就说了，我们实力相当，经历也大差不离。我曾经为一个男人哭了很多次，在我还意气风发地扬言要跟世界宣战的时候，他渐渐缺少了勇气。

有一天他跟我说："我们要不要再想想。"

我说："不用想。我们分开吧。"

朋友们都不明白，我这么一个姑娘，怎么突然这么决绝。

因为我就是这样的姑娘啊，从来不会刻意计算我为一个人到底走了多远。不管前路多崎岖，一个人生病卧床，我相信你在前面等我；一个人深夜寂寞，我相信再走走就能牵到你的手。我不是傻，我只是相信你正在跟我一样坚定地前行。你都没有放弃，那我一定坚持。

所以如果你告诉我，我们要不要再想一想。

那我就会回头。

我很遗憾，没有陪着最年轻的爱一起变老。不是我没有伤痛，不过是学会了带着伤痛继续生活。

最好的爱情不论有没有结果，都不会消耗你、摧毁你。它应该让你看到闪闪发光的自己。所以对于那段最美好的青春，你能做的最棒的事，就是继续好好地生活。

祝你一如既往

我记得景姑娘和男朋友分手的时候，我正在热恋期。

那时候恋人们还热衷在人人网上开辟情侣空间，共同种下一粒种子，小两口像照料婴儿一样一会儿浇水一会儿捉虫，看着种子一天天破土长成枝叶繁密的树；他们还会不时用各种说给两个人的悄悄话刷所有人的屏，以至于你一打开社交网站就好像是偷看了他们的情书一样，总有种面红耳赤的不道德感；对于异地久了的情侣来说，一旦他们久别重逢，那更是一场其他人的劫难，他们的照片会从早上酒店镜子里两个人睡眼惺忪的刷牙照开始以半小时数十张的频率告诉所有人他们有多恩爱。

如果说这种秀恩爱的狂热程度也有等级的话，那么景姑娘和她男朋友屈居第二，我的朋友圈里是没有人敢抢第一的。

你有没有发现，如果在某一个时刻你对爱情充满了信心，看到周遭恩爱的情侣，他们的幸福在你心里会比表现出来的更加浓厚。就像你和很多人吃同一株葡萄，你吃到那颗是甜的，看到别人也说甜，你就愿意相信他的那颗比你更甜；可如果你已经被酸得眼睛眉毛揪起来，侥幸吃到甜葡萄的那个人无论怎么开心，你都有可能觉得她在假装。

所以大概是因为那时候，我自己也陷在恋爱里无比地幸福着，基于自己的幸福处境去想象他们的恩爱程度，觉得他们简直就是神仙眷侣。

可是，当他们在一个周日的上午宣布分手之后，景姑娘的前男友当天下午就牵着另一个女孩子的手亲昵地逛街去了。我们的朋友圈炸开了锅，除了纷纷吐槽这看上去坚不可摧实则不靠谱的爱情幻象外，最担心的是，景姑娘，会不会想不开然后去死。

于是我们每天抱着手机，时刻准备着帮景小姐叫救护车。草木皆兵了很多天终于等到景小姐传唤我们去 K 歌。

大家坐成一排，谁也不敢先吭声，生怕好死不死地点到他们小两口以前唱给彼此听过的那首歌。

他们两个人，纠缠了有三四年，这几年光景里，乐坛新人辈出，老歌手长盛不衰，哪一首歌都有可能是禁区。景小姐自顾自地点了一首《分手快乐》，又蹦又跳地唱了起来。

那天，在我们的面面相觑里，景小姐从伤心情歌唱到儿童歌曲，完成了她分手之后的个人演唱会。

送别的时候，我们把景小姐塞进出租车里，正准备长舒一口气，她突然又从车里钻了出来，依次拥抱我们每个人。

“你们知道吗？”她说，“这好像是分手以后我过得最煽情的一个晚上了。”

出租车带着景小姐跑远了，我们愣在原地。

关于这个晚上，我们预想过很多个版本，比如景小姐会抱着我们放声大哭、会宿醉不醒、会神魂颠倒或者是寻死觅活。每一个场景里，我们都演练了应急预案，唯独没有想到会是这样云淡风轻，轻松地我们自个都觉得那番准备好的安慰太矫情。

“怎么可能！他们以前爱得那么深啊，感觉一个人没有了另一个人就不能活了。”果冻一脚把地上的石子踢飞老远，疑惑不解地说。

我跟 C 先生说起这件事的时候，我们俩其实也并不很理解。因为那个时候C只要十分钟内还找不到我就紧张地想报警，我听到他咳嗽一声都恨不得给他做十全大补汤。我拉着C的手，腻歪地坐在路边跟他说：“你说，如果我们分开了，我们会变成什么样？”

“我不敢想。”C攥紧了我的手，“我只要一想到生活里没有你，我就撕心裂肺地难受。没有你就像行尸走肉、孤魂野鬼。”

跟C分手的那天晚上，我在路上晃累了，一个人走在我们腻歪过的马路牙子上坐下来，脑子里弹幕一样蹦出一个又一个念头。

我想关掉手机，消失十天半月，让所有人都找不到我；一个人窝在房间里把我们一起看过的电影重新看一遍，放声大哭几场，然后把所有照片撕碎，所有纪念品都打包扔进垃圾桶里；我也想出去旅行，不告诉任何人目的地，甚至连我自己也不知道去哪里，我只需要带上证件和钱，忘掉时间、随遇而安；我想联络所有的朋友，不管那时候是午夜还是清晨，我想要像祥林嫂一样喋喋不休地跟每一个人讲我们的故事，或者赖在闺蜜家里，她去上班，我睡觉，然后她下班回来把我从床上捡起来，喂我点吃的再把我扔回床上去。

如果这些都没有，那么至少，我也应该就那样在马路上坐一夜，可以有一场瓢泼大雨让我看上去更惨一些。

如果说爱情的标配是一场浪漫的婚礼，那分手的基本配置是不是也理所应当是上面这样，不撕心裂肺一次，都枉费掏心掏肺一场。

然后突然，我的手机响了。

是一款背单词的 APP，它贱贱地提醒我：“你还不学习吗？”

我想了想没多久之后的考试，擦了擦眼泪，竟然在路边划着手机背起单词来。那一天晚上，我背完了 220 个单词，然后站起来回家。

夏天的午夜，街角还能听到歌声，身边偶尔有醉酒的年轻人三三两两蹒跚而过。我知道，这里面有很多人跟我一样，失意或者失恋，丢了工作或者受到诘难，愁苦地像此时此刻浓得化不开的天色。

可我也知道，第二天早上，他们的大多数人也会和我一样，该上学的洗洗脸上学，该工作的衣冠笔挺去工作。这个世界值得我们小题大做的事情太多，每一天都要面对一百个值得崩溃的理由，但是最终我们还是需要给自己第一百零一个振作的借口。因为每一条路都是自己选的，未来有无穷尽的出口，但唯独对于振作起来这件事，我们别无选择。

我想起 C 跟我说：“我只要一想到生活里没有你，我就撕心裂肺地难受。没有你就像行尸走肉、孤魂野鬼。”

可其实第二天的晨起，我们谁也没有迎着朝阳化为乌有，尽管在夜幕里我们确实失魂落魄地像是孤魂野鬼，但是太阳出来的时候，我们还是得一如既往，硬着头皮生活。

我们可能都曾经以为失去对方会活不下去，可是等到有一天我们真的遗失了对方，就会发现生活根本不给你矫情的机会，你可以躺在床上掉几天几夜的眼泪，但那之后，饥饿感会强迫你起床。你的肌体依然正常，感觉依然敏锐，你会发现没有对方，固然活得不那么轻松，但是想要死掉，却是更难。

我们也都曾经以为这最后一次的全心全意。如果不能终成眷属，以后就绝对不会相信爱情。可等你再遇到了让你情不自禁的那个人，你依然学不会有所保留的付出。敢于对一段绵延很久的感情说再见的人，内心里是永远不会对爱情绝望的，因为他们知道未来会有光亮，所以才没有把自己困顿在眼前的黑暗里。

世界永远不会因为你失恋了而对你格外仁慈。你依然会因为工作失职而受到老板的训斥；你依然会因为迟到失去这个月的全勤奖金；就算你觉得自己那么勇敢，想好好打扮一下自己，橱窗里那件当季最新款也不会特别为你打个折。如果你愿意让自己看上去楚楚可怜，完全可以把“我失恋了、闭门谢客”这个名牌贴到门上然后把自己锁在家里，但是过不了多久，物业应该就会断你们家的水电。

想清楚这些，其实我们也就明白，一场说走就走的旅行听起来很美好，但那其实是多么不负责任的一件事。因为无论你愿意不愿意，不论你的性格是外向还是闭守，你都与周遭、与他人有着丝丝缕缕的联系，你仍然得做父母的孝顺孩子、上司的得力助手、朋友的知心拍档。

你的世界确实因为失恋而坍塌了一角，但你完全可以选择走到自己世界的中心，继续让自己生活得有条不紊，甚至尽快把缺失的那一角修补起来。这一切或许会让我们看上去太过于冷漠，但这是唯一的选择。

亲爱的，如果此时此刻你正因为失落了一段恋情而梨花带雨、不眠不休，你绝对要相信我完全可以对你感同身受。当两个人相爱，爱到恨不得把灵魂揉进对方的身体里，那么再轻描淡写的离别都会伴随心脏撕扯的剧痛，这种痛没有具体的止痛时间，也许过了今夜就好，也许持续到你心脏停跳。

如果你觉得我懂得你此刻的痛，就请相信你自己的勇敢。千万别说你活不下去，千万别觉得世上再也没有爱情——爱情没有那么脆弱，你也没有那么脆弱。你一定要好，你也一定会好，剩下的交给时间，它会给你最好的安排。

分手后，我继续在网上发各种贫嘴搞笑的段子。而我的前男友，听说他买了新车，正兴致勃勃地研究改装。也许我们都知道要用多少个夜晚的辗转反侧，泪流到天明才能换来如今表面上的不动声色，但那有什么关系呢，至少我们都在努力生活，这样就挺好。

我不认为寻死觅活是对于爱情的祭奠，你失落的那段感情，越深刻、越珍贵，你就应该越勇敢、越振作。你不见得会因为分手这件事而变得更好，但也不应该变糟，如果此时此刻，你突然被抛弃在了曾经说好一起走的路口，你手足无措，不知道如何是好，那么别停留，继续大步朝前走。

再深刻的爱情走到结束，也不过就是分了个手。而你接下来能做的最好的事，就是昂首挺胸，继续一如既往地生活。

遗憾的是，当问题出现的时候，我们总是忙不迭地把枪口对准他人。

这或许也就是为什么，我们结束了一段又一段不适合的爱情，经历了一次又一次撕心裂肺的别离，那束代表幸福的阳光都始终没有向我们照射下来。

就算是世界上最爱你的那个人也没有义务变成一个演员，对你精心策划的每一次惊喜都给出你想要的那种反应。

当你准备好爱上一个人，你就知道从此刻起，你的世界里多了一个跟你共享晴雨的人，他爱你，但不会在每件事上都认同你。不是每个人都能猜中对方的心，所以花点心思去琢磨往往很值得。

你只是感动了自己

我认识一对中年夫妻。年轻的时候，男的风流倜傥，女的温婉大方，他们有过非常浪漫的恋爱史。那时他们都在外地求学，女的放暑假坐火车回家，男的在途经的每一站都安排了朋友送情书给女的，让她一路都能读到柔情蜜意的情话。

漫长的岁月里，他们有了孩子，有了车子，也有了越来越大的房子。日子像他们年轻时向往的那般，红红火火的。他们依然很爱对方，女人喜欢的首饰，男人眼睛都不眨地买下来；男人的衣食住行，也无一不是女人在用心打点。赴宴时两个人出双入对，在外人眼里，纵然时光如梭，他们依然是年轻时令周遭人羡慕的神仙眷侣。

可女人一直觉得心里苦，她总说家里的欢声笑语在不知不觉间越来越少起来。白天他们各忙各的，晚上男人常应酬，女人则守在家里煮饭、煲汤、做家务。两个人见面时往往夜已深，甚至来不及彼此过问一句一天的喜怒哀乐就翻身睡去，然后再开始周而复始的一天。

虽然皱纹爬上了眼角眉梢，女人骨子里依然是讲究浪漫的。男人五十岁生日那天，她准备了红酒和烛光晚餐，在心形蜡烛中央摆满了各种他平时喜欢的吃食。她期待着他看到这一切时惊喜又感动的表情，那种被甜蜜包围的感觉应该像几十年前她在火车上读信的时候一样；她甚至想，他会握着她为家庭操劳得不再柔软细滑的手，邀请她跳一支舞。

很晚，蜡泪滴满餐桌，饭菜热了又冷，男人才拖着一身疲惫回家。她因为等待而有些困倦的眼睛顿时闪亮起来，细致地注视着他的一举一动。可是男人看到烛光里影影绰绰的妻子，嘀咕了一句：“黑咕隆咚地搞什么东西？”男人扭亮了灯，在她的瞠目结舌里草草扒了几口饭去睡觉了。

女人跟我讲这些话的时候，难过得眼泪都要流下来了。

这件事在我记忆里存留了很久，女人泪眼婆娑讲述的样子越楚楚可怜，男人不解风情的反应就越让我觉得气愤。

初春去旅行，在广州见到了大学毕业后几年不见的师父。他一如既往的热情地帮我安顿食宿，一下班就开车载我看夜景。

师父一贯健谈，话匣子一打开就能天南地北地聊很久，可那天我在车上说起这桩事情，义愤填膺地控诉男人的时候，师父突然关了车里的音乐，很认真地跟我说："我很理解他"。

我说："啥？太大男子主义了吧你们！"一直以来，师父都是我的人生导师，他能永远用欣赏的眼光看每一个人，找到我口诛笔伐的那些人身上的闪光点，分析给我听然后平息我的怒火。可是这一回我实在不知道他能怎么帮这个男人辩护。

师父说："你看刚刚你一上车，我几乎都没有说话对不对？因为我工作了一天，非常累。在这一天里我要应对各种各样不容出错的工作，遇见形形色色的人，每一分钟我都在考虑如何把手头的每一件事做到尽善尽美；有的时候，遇见的人和事会让我很压抑、无奈，甚至愤怒。但是我知道不能把工作上的压力和情绪带到工作之外，不能因为八小时的境遇而毁掉自己一天中剩下的十六个小时。可我不能够一下子就从那种工作角色中跳脱，需要一个缓冲的时间，刚刚我就在调整，现在我调整好了，就可以像个大朋友一样跟你交流；但是如果你硬要我一开始就跟你嘻嘻哈哈的，我做不到，可能还要不高兴。"

他接着说："每个人的调试时间有长有短，我不能说你描述的那个人他的性格和处事方式是没有问题的，因为作为丈夫来说，他确实应该配合一下妻子会比较好；但是我觉得他这种反应是可以被理解的，毕竟比起恋爱，婚姻让人性暴露得更真实，一个人无法绑架另一个人的感受。"

我顺着师父的话回忆起那个男人的样子：他赚很多钱，但赚得非常辛苦，或许因为来之不易，他对自己异常吝啬；为了省钱少请工人，他常常顶着烈日或者暴雨在工地上亲力亲为地东奔西走；泥浆和汗水打湿衣服，他的脸色像一个庄稼汉，他的生活好像已经跟浪漫没有什么关系了。这样的一个人，结束了一天的劳碌，带着疲惫回到家，他想要的不过是彻底的放松吧。对于甜言蜜语、浪漫惊喜，着实提不起来兴趣，如果还被要求敷衍地表演一下感动，他难免要生气。

一个朋友跟我讲起过他的经历。他生日那天，女朋友送了他一支金笔，说他的字好看，配用这个。

朋友的字的确写得好，但那时候两个人都是学生，女生家境也不是很好，买笔的钱想必是攒了很久；偏偏朋友又是最注重实用的金牛座，于是接到礼物的时候，顿时起了脸色。

女友哭起来，说你不喜欢这个礼物，你不要就直说，我去退了它。那天两个人不欢而散。

朋友无奈地跟我说："我也知道，她用心筹划了很久，脑子里无数次预演过我的惊喜，但是我真的装不出来。”

仔细想想，这样的故事还挺多的。

当你爱一个人的时候，你就热衷于向对方表达你的爱意。然后预想了对方接受你的心意的时候的表现，你觉得他应该幸福得泪流满面，跟你说出天长地久的承诺，这些镜头在你脑海里预演了无数遍，以至于你自己都被感动了。

于是，你觉得那么好的你，却没有得到应有的回馈，你就开始愤怒、抱怨、质疑爱情，突然发作让对方摸不到缘由。

可是亲爱的，你有没有想过，你只是被你自己感动了！

每一段亲密的关系里，一定要给对方留有 Say no 的余地，他不是你的提线木偶，当然有权利用他的方式表达感受，而那个反应有可能并不是你想要的。

我想你一定会告诉我，一个最佳的男朋友或者女朋友，应该首先照顾你的感受，至少看在你做这一切的心意上，都不应该驳你的面子，让你受到冷落。可是我想，我们之所以憧憬爱情，是因为在这个纷繁复杂的社会里，我们每个人都肩负着各种身份，脸上贴满了面具，身上也有各种标签。而唯独有爱可以让我们做自己，你可以在另一半面前卸下所有面具做自己。于是在对方已经疲惫不堪的时候，如果你的所作所为仅仅是感动了自己，却给他增加了无形的负担，他往往没有那么多的心力配合你的感动。

而且，你是不是也应该诚实地告诉我，你的生气，真的是因为对方不是那个最佳的男朋友或者女朋友吗？

不对。是因为，你已经深深地被你自己感动了。你在某一瞬间跳脱了自己的身体，以一个并不客观的旁观者由衷地赞美了自己。你觉得，这样一个为伴侣费心劳力的姑娘或者小伙子，太应该被珍惜了。于是，当你受到冷落的时候，不仅是你自己内心的热情被浇灭了，你还义愤填膺地为你内心感动你的那个“小朋友”愤愤不平。

我可不是什么圣人，我知道被爱人泼冷水的滋味有多么不好受。但你有什么办法呢？就算他再怎么不解风情、呆若木鸡，他不依然是你的掌中宝、心头肉吗？你依然那么爱他，就算你因为他没有由衷地赞美你的礼物，气哭了一次又一次，但是让你因为这个离开他，你依然会舍不得。

所以我才告诉你，除了用你的爱来绑架对方，你或许更应该给自己松绑。这个方法不知道是不是更好，但至少更容易。你要知道，一段亲密关系的意义，不是像解数学题一样让每一个因果关系都条分缕析；你要渐渐忘记那些你认为的“应该如此”，毕竟爱情的特殊在于，一题都没有答错不等于快乐，而满分的试卷也往往没有标准答案。

很多时候一场空欢喜是因为我们走错了方向、用错了力。与其感动自己，不如多花些时间听一听对方的想法，毕竟在未来漫长的岁月里，他不能总是面对一场自己并不想要的惊喜，然后像演员一般霎时泪如雨下，而你也一定不会满足于他这样敷衍的感动。

你变成一个知己，他才会成为不敷衍的爱人。

伴侣是为自己选的，但选择伴侣的条件却常常是说给别人听的；因为怕背负薄情寡义的骂名，我们总想把自己装饰得冠冕堂皇一些。殊不知，真正可怕的是不诚实，看上去别无他求，其实欲壑难填。

说爱 从来都不简单

我们一群不着调的朋友很少围聚在一起聊“择偶标准”这么深刻的话题，于是那天一开场，“看脸”“看胸”“看家境”之后那个认认真真的答案让我印象深刻。

他说：“我想要找一个能随时随地跟我说得上话的女人。”

众人沉默一会儿，咂舌说：“兄弟，你这个标准可不低。”

的确，这对一个女人的要求可不仅仅是能说会道那么简单。

首先，她得有耐心，因为我的朋友是一个极其热衷于表达的话痨。从世界大势到家庭伦理剧，但凡他瞄过几眼、听了几耳朵的事情，就总喜欢发表些评论，还肯定是长篇大论，绝不三言两语；而且不分昼夜，以至于有一次聚会的议题就是如何防止他半夜三更给我们发私信聊天。

所以这个女孩儿得是一个足够好的听众，能随时随地——不论是晨起睡眼惺忪，还是深夜头昏脑涨，只要我朋友摆出一副指点江山的架势，她就得立马兴致盎然地用心聆听，必须聚精会神，让演讲者因此而更加激情澎湃；倘若是一边敷面膜聊微信一边时不时地“哦”两声，这样绝对不能算及格。

其次，她不能像个木偶人一样只知道点头称是，还必须能在恰当的时候，分寸拿捏到位地评论几句——这当然更难，因为你不仅得明白对方讲的话、能插得上言，关键是你穿插的几句话既不能喧宾夺主、让发言者意兴阑珊，也不能南辕北辙，将一场演讲演变成一场唇枪舌剑的辩论。

可是现在的女孩儿，愿意俯首帖耳的往往自身没什么主见，能独当一面的往往又不愿意顺从别人，所以我们都觉得，他不可能找到这样的女人。

结果，还真被他找到了。他带着女伴来跟我们聚会的时候，大家像看见国宝一样兴奋。席间朋友越聊越兴奋，群口相声依照惯例又变成了他一人的独角戏，我们都暗地里注视着这个姑娘，只等着她露出哪怕些许不耐烦的神情，然后戳穿她的假面。然而这个姑娘果真在他滔滔不绝到我们都昏昏欲睡的时候，还一脸崇拜掺杂骄傲地注视着我讲话的朋友，起初我们也只当她是没见过世面只知道搞个人崇拜的小女生；直到朋友征询她的看法，她由衷地夸赞着自己男友的言谈，又不动声色地给被他毒舌重伤的我们每一个人挽回一点颜面，几次三番下来，我们才觉得，这个姑娘简直是上帝用 3D 打印机按照朋友的标准定做的。

你们也知道，我写这个故事，就是因为它没有一个众望所归、皆大欢喜的结局。

前一段时间的聚会，朋友又开始一个人独来独往。

我们指指他身边的空位问："哪儿去了？"

他叹口气说："分了。哎，找幸福怎么这么难！"

以后的聚会，朋友依然滔滔不绝，我们依旧昏昏欲睡。得不到共鸣的时候，他依旧讪讪地说："我要找一个能随时随地和我说得上话的女人。"

这话说多了，我可不爱听了。

一次散场，众人打车四散而去，我拉住讲得意犹未尽的他坐下聊聊。

我单刀直入地问："因为什么分手？"

"谈婚论嫁、家长里短的琐事多极了。谈到买房子、买车子，谁买、花多少钱、写谁的名字，都是一场争执不休……"

我冲他狡黠一笑，眼睛紧盯着他故意说："这些理应不是问题啊。看看咱们朋友堆里刚刚结婚那两对，女方二话没说买了车装修了房，还有几十万没二话的陪嫁，这还叫事儿？”

他果然应声道：“就是说！怎么一到了我这里，就风云变幻、山水不通，我要的幸福这么简单，可是幸福怎么就这么难？”

我当然对他的反应了然于胸。就像我曾经无数次看见他对着朋友新婚的豪宅赞叹说，你们以后定会衣食无忧生活得很好。

我打断还想继续抱怨下去的朋友，问他：“她后来还随时随地跟你说得上话吗？”

朋友哑然。我也不再继续刁难，否则肯定要不欢而散。

人肯定还是能随时随地说得上话的那个人。

可是明明找到了符合自己标准的那个人，你为什么没有幸福？

当你如我朋友那般，准备跟我罗列你男伴、女伴的种种不是的时候，我可没准备听下去；我只想让你诚实地回答自己：你公之于众的那个标准，真的是你唯一的、为之矢志不渝的标准吗？

当你说，“我要找一个随时随地能跟我说得上话的女人”的时候，你真的不介意对方的长相和经历，才华和品位，不要求她与你门当户对，甚至能在你未来的事业里，以娘家的家底和人脉，搀扶你一把？

如果没有，如果这些不是你内心坚持、但缄默于口的原则，你怎么会在它们集体爆发的时候，因为得不到满足而激发了自己莫大的不满，以致于让自己被冲垮了呢?

你说出来的那个标准，当然没有很过分。

但你内心渴望的其实并不一样。

那个跟你说得上话的女人，你当然也要求她能秀外慧中，在你下班以后为你置办一桌热汤热饭；你当然需要她为你长脸，锦衣华服地出席你的聚会，让朋友们都羡慕你找到好老婆；你当然希望她来自殷实的家庭，在你奋斗需要本金、升职需要人脉的时候给你一些提携。

你不肯把这些说出来的原因我很理解。爱情是不能沾染物质的，否则就会被坐在白莲花上的一干道德卫士乱棒打死。所以那种扬言只要一个能随时随地说得上话的女人的男人，说得容易，却在期望更多，得到看似合拍的对象，却始终意犹未尽。我不怪你口是心非，我只讨厌你巧言令色骗过众人，最后甚至蒙骗了自己。

于是在无数个夜里，你像祥林嫂一般，一次次重申你简单的不能再简单的标准，问命运为何对你如此吝啬？说得我们都觉得生活对你格外不公，被你骗了好些眼泪。

其实选择另一半的标准本身也无所谓对错，有的人只为了找真爱，哪怕一起浪迹天涯、哪怕穷得只剩下最后一块钱，能有一个知冷知热的人陪着对半花，她也觉得很幸福；有的人更看重财富，对自己好不好只是一个供辅助参考的条件，只要有源源不断的物质供应，就算对方每天花天酒地把她丢弃在家里，她也觉得挺幸福。可是往往，我们总是赞美前一种人有大情大爱，而对后一种人嗤之以鼻，甚至心里暗暗诅咒她每天坐在宝马车里哭。

其实，如果一个人的婚姻就是为了拥有宝马车而去的，她又怎么可能坐在宝马车里哭呢?

我在这里的描述不带有任何倾向性的判断，我希望我们能放下各种自以为正确的道德标准，哪怕只有一会儿。因为只有我们不再用道德去评判爱情，那些真的不以爱情为唯一选择标准的追梦人才会敢于把自己内心想要的说出来。就算你永远都会固执地认为，对爱情不严肃的人不配得到幸福，但至少这样也会少一些不明所以的姑娘和小伙子被对方表面上的标准误导，而被囚禁于对方内心不曾说出来的要求里。也许这就是为什么，有一些人看上去天造地设，实则貌合神离。

而对于像我朋友这样，口是心非到把自己都骗过去的人，你问为什么上帝赐予你的不是你想要的那个人?

因为你从来没有诚实地告诉上帝，你内心真正想要的人是什么样子。

按照你告诉我们的标准，我们都在为你用心寻找，好像连你自己也是这样。

但是你却与每一个人失散。尽管她们看上去，跟你口中的佳人一模一样。

如果你再问我，你要得多吗？

我想说，真的很多。但要得多不代表不好，我们都有追求更好的权利。可是你不能不对自己诚实，好像全世界都辜负了你。

我越来越多地听到身边单身的朋友说："我的择偶标准太简单，性别男，爱好女，仅此而已。"

我真想说，别装了行吗？

你想让自己更好，你就没有理由不对另一半抱以更高的期待，说出来又有什么要紧呢？说不定说出来，对方会因为爱你而更努力地跟你一起进步呢？标准不是怕多，怕不明显。同样是购物，有一些顾客，他们挑选的是生活必需品，讲究实用、不看重包装和品牌，希望一劳永逸，一次投资

一生获益；有的人，他们只买奢侈品，行情要抢手，还期待它保值增值；有的人，不太知道自己要什么，但偶尔一次闲逛一见钟情，再没有别的物件能入他的眼。这些人都算得上是好买家。

最招人烦的人，声东击西，明明知道买的东西跟自己内心的需求不相符，却不动声色，只等着用了一段时间再退货。

我说着爱情，却用买卖来打比方，肯定有人很反感，觉得这姑娘又在亵渎爱情。

是啊，连买卖这样低俗的交易都痛恨声东击西，更何况爱情。你若明白爱情神圣，自然该明白，为了让自己看上去高尚得除了真爱之外一无所求而含糊其辞才最不堪，坦白是对于承诺最诚实的对待。

忘记那些“你爱一个人就要爱上他的全部，他的好，包括他的不好”之类的鬼话。

一个人之所以会被缺点统治，是因为他在磕磕绊绊里丢失了自己。永远记得彼此最初的模样，记得第一次的怦然心动，记得他曾经多么让你骄傲。

记得来路，就能一起走向归处。

我就是
无法爱上你的缺点，
又怎样？

有一天我在三食堂吃香锅，身旁坐着一对小情侣。

女孩儿小小的一个，粉雕玉琢的娃娃脸，看上去娇滴滴的样子；男孩儿是大学里常见的运动款，汗涔涔大咧咧的。

女孩儿面前的香锅里堆得像一座小山，一边吃一边跟男朋友说：“我觉得好饿哦，昨天晚上饿得睡不着，爬起来吃了一桶泡面一条面包呐！”

男孩儿头都没抬一下地说：“哦，你晚上不要吃那么多东西，对胃不好。”

女孩儿闷声扒了一会儿饭又说：“我还是好饿啊，我觉得这些吃完都不会饱！”

男孩儿咽下嘴里的食物，终于放下碗认真地看着她说：“你还是不要再吃了吧，你饭量从来都没有这么大，想撑死啊。”

女孩儿赌气似的把筷子一摔，气呼呼地端着碗添饭去了。

我轻唤了男孩儿一声，说：“等她回来，你只需要夸她怎么吃都吃不胖。”

男孩儿挺聪明，等女友坐下又开始拼命跟面前的饭碗较劲的时候，他疼爱地拍拍小姑娘的脑袋说：“我发现宝贝有特异功能呢，吃得再多还这么瘦，你怎么做到的，羡慕死那些喝凉水都长肉的女生了呢！”

女孩儿立刻笑靥如花地跟男友谈天说地起来，再没碰筷子一下。我知道，她是真的吃不下了。

回来的路上想起好多大学里的事儿。

我跟 C 先生是大学里公认的模范情侣，模范到我们宣布分手的时候，一群学弟学妹扬言不再相信爱情。

跟 C 先生的初识是在一场辩论赛上。

辩论是我们俩在大学里都深爱并且当做事业来用心经营的活动。第一次交手，我带着一支本科的院辩论队，跟C先生领衔的研究生队为大一的新生打表演赛。那天，C先生西装革履，指点江山，引起台下阵阵掌声。我这样一个在舞台上寸土必争的女汉子竟突然想让时光停滞下来，让我好好地听他演讲。

大四的时候，忙着毕业的我基本退出了学校辩坛。然后有一天，给C先生上专业课的老师说有一个辩论比赛让大家积极报名。C先生问："我可以拉一个本科的学妹进来吗？"老师不屑地说："我们本科有一支打过校赛的精英强队是这次冲冠的热门，你只要不从那里面挑人破坏了我的阵容，随便你。"

C先生选了我，那一战，我跟C先生的队伍所向披靡。最后一场夺冠赛前，我跟C先生在走廊里闲聊，正好碰到候场的评委。评委拍着我们俩的肩膀说："目前你们俩的个人得分是并列第一，最后一场根据你们的表现决定全程最佳辩手的名次，你们好好打啊。我们对你们一样喜欢，真不知道最高奖颁给你们俩谁。"

我跟C先生相视笑笑，C先生牵起我的手对评委说："给谁都一样啊，我们俩是情侣。"

那场赛后，我财迷似的数着奖金，C先生抱着摄影记者的相机一张张看照片，突然对我说："刚才你在台上说话，我坐在旁边看你，一想到现在这个光彩照人的姑娘是我的老婆，我就觉得好骄傲。"

那是我们最甜蜜的时候。甜蜜不只是因为我们一起创造了很多奇迹，更重要的是我们真的能够看到彼此的好。我们知道彼此是这个世界上最能读懂自己的那个人，在赛场上，就算对手的论点完全在我们的意料之外，只要我们给彼此一个眼神，对方就能心领神会；C先生常说，跟我搭档，他可以打得前所未有的自如，因为他知道无论他临场提出怎样新奇的观点，我都能明白，并且能够马上顺着他的想法应对下去。

你们问后来？

后来，我们跟每一对勇敢又俗不可耐的情侣一样，毕业、择城、就业、准备相守终老。辩论不能作为谋生的职业，唇枪舌剑带来的荣耀终究也支撑不了生活。战袍锁进了柜子里，我们不再是学弟学妹眼里所向披靡、斩获无数奖杯的“新抢钱夫妻”，他成为一名小职员，每天应酬着苛刻的领导和繁琐的工作；我洗手做羹汤，开始让自己相信做个贤妻良母的满足感大于征服任何舞台。

转型对我们来说都不轻松。C先生身上仍然流淌着辩手犀利铿锵的热血，这让他信心满满地出发，却总是铩羽而归。比如说，自己引以为傲的文笔写就一份文案，却被上司分分钟改得体无完肤。他下班回来把底稿拿给我，说你看，明明是我原来的措辞更好，他凭什么这样改，逻辑都不通。

对于我来说，我的爱人当然是最好的。我明白他的才华，因为我始终记得他让我怦然心动的那个晚上。于是，我安慰他，跟他一起抨击找碴的领导和不识货的客户；但是日子久了，我心里也隐约有了不满：大学里的C先生，是能在舞台上叱咤风云、一呼百应的，可是为什么区区一份工作就胜任不了？为什么别人的文案就能顺利通过，而你的每次都有问题？就算是领导眼拙吧，但是在我们暂时没有能力改变规则的时候，我最欣赏的你，难道不应该是能最快最好地适应规则的那个人吗？

你们也知道，很多女人对于男人的爱，是建立在崇拜的基础上的。

而同时，我的转型也不比C先生顺利。

厨房里的那些瓶瓶罐罐，对于我这个连煤气灶都不会用的女人来说简直是核武器，我常常懊恼不已：我能征服场下无数的观众和评委，怎么就收拾不了这几颗瓜果蔬菜，怎么就征服不了一桌同食的爱人的味蕾？

然而无论我怎么努力，我跟优秀厨娘的距离永远那么遥远。

直到有一个早上，我花了两个多小时、摊坏了无数鸡蛋饼，害C先生只能吃饼干当早饭还差点迟到，我终于沮丧地问他：“你是不是觉得我很没用，这么一点家务事都做不好？”

C先生放下茶杯，很认真地看着我说：“没有。我是很生我自己的气，因为我很没用，所以我只能娶到这样的老婆。”

不得不说，C或许有口无心的这句话是我对那段感情绝望的起点。我不曾想过，最终被彼此光芒吸引的两个人渐渐都在对方眼里变得如此斑驳。

跟C先生决定分手那天，我们已经将近半年没有见过面，C先生把我的东西收拾好拿给我，我们借机坐下来好好吃了顿饭。

或许是时移世易，我们都不再把自己最羸弱狼狈的那一面展现给对方看，他意气风发地跟我讲述他工作上的新进展，描述他现在如何如鱼得水、大显身手；我也终于摆脱了柴米油盐，行走各处，跟他聊聊心情。

那一刻，我们觉得对方其实都还不错。

告别的时候我跟C先生说："我很高兴，从今天开始，我们终于能重新彼此欣赏。"

我们都干过一些这样的事：花几个小时拍了数百张自拍照，然后挑选出来能够上传的往往只有那么一两张；我们努力拼命，为的是让别人眼中的自己看上去毫不费力。自己活得轻不轻松好像不那么重要，重要的是别人眼里的我们是精彩的。

人生在世，活得往往不如一张自拍照。

爱情的出现常常带来安全感，让你觉得你可以卸下自己所有的装扮，把那个最吃力的自己呈现给对方看；每一本关于爱情的教科书都告诉我们，爱是包容，你能接受对方最差的那一面，然后爱上她。说得真好，但是很难。因为连我们自己都知道，最不堪的那一面，其实并不可爱。没有人能勇敢地说，我爱你事业挫败的样子，我爱你疾病憔悴的样子，我爱你失魂落魄，我爱你流离失所。

但是，面对灾难、不堪、失意、挫败，不离不弃永远多于劳燕分飞。

我想是因为他们找到了正确的相处方式。那个方式不是逼迫自己违心地对低谷的对方承诺爱，事实上，如果我们只是在对方走进牢笼的时候，感受着他们的挫败和沮丧，就如同自己跌入尘埃里一样。因为太着急重回云端，所以才会在一次次失败后感受到深切的失望。

正确的方式是回忆起他值得你欣赏的地方、他曾经让你窒息的光芒。

我也不知道，如果当初，C 先生一遍遍跟我抱怨工作压力的时候，若我能意识到此时此刻这个男人的隐忍都是为了我们的小家庭打拼，他为此愿意放下自己的骄傲，尽管屡屡受挫，却始终坚持着，这样一个从不停歇的男人，跟当初舞台上的他一样值得掌声鼓励；如果当初，C 先生能意识到从来都生活在云端的我开始学着放下所有的梦，放下与人针锋相对的好胜心，只一心一意学着做一个温柔贤惠的妻子，我走下那个万众瞩目的舞台，不过是想从此只为他一人表演……如果我们都能学着从对方此时的挫败里懂得，我们之所以看上去羸弱，是因为我们不再只自私地顾及自己发光，是因为我们都在为给彼此一个更好的未来重新开始学习，如果我们懂得这些，结果是不是会不一样。

我不知道，也永远不想知道。如果懂得却已经来不及，不如就装作不明所以。

我已经无路可退，你尚且有所选择。在爱情中的你如果正走到最艰难泥泞的那一段路，请千万记得学会彼此欣赏。不要自以为你爱他爱到足够能包容他的缺点，如果你这么想，你的眼睛里只会看到他的缺点，然后你被自己强大的包容心感动了。你觉得，“我真的太伟大了，连这样的他我都爱着”。然后你的意念会突然变得异常脆弱，因为你觉得你莫大的包容心理所应当得到他百依百顺的宠爱。如果没有，你会变本加厉地失望。

所以亲爱的朋友们，我不认为你要爱上一个人的缺点。如果你觉得缺陷是美，只能说你看不懂是非。面对缺陷，你却依然坚定地抓住对方的手，是因为你发自内心的欣赏。

未来某一天，你的丈夫可能正为一份合同低声下气地讨好客户，连他都忘了学生时代那个一呼百应的自己是什么样子；

你的妻子可能正在蓬头垢面地哺乳你的孩子，连她都丢了那个身段窈窕、妆容精致的自己。

你要记得他们是为了谁变成这样的。那些为我们丢失了自己的人，也许没有之前那么可爱，所以更需要你学会欣赏他们牺牲自己的决绝，如果你爱他，就肯定他，然后帮助他找回自己。

If we can
enjoy e
ach
other

最愿意表达爱的人或许并不是最容易收获爱的人。这其间的区别在于，表达是发自内心，你觉得什么是对的便去怎么做；可是你若想收获一个人的爱，最重要是投其所好。

奈何明月照沟渠

01

死妖精是我最好的闺蜜之一。关系好到从她知道我在写稿子就不住威胁我，如果不给她预留一章并且把她写得美艳不可方物，她就抽死我。

我说："你有什么故事值得我写，感情寡淡得跟白开水一样，真是白瞎了你这张脸。"

死妖精读研之前学的是播音主持专业，长了一张标准的美丽女主播的脸。开学典礼上，当她踩着高跟鞋从走廊尽头款款而来的时候，你会觉得像是看见了一条写满奇迹的时光隧道。一般来说，这种美丽又总是仰角45度看人的女人，我要么跟她互相看不爽然后实枪核弹结结实实打一架，要么就会成为亲密得吓人的朋友。

很幸运，那天晚上，死妖精就穿着睡衣披头散发地赖在我宿舍的床上，给我看一只装在罐子里的透明的水母。

“男朋友送的，说是代表爱情，让我好好养。”

我们俩面面相觑，思忖着为了让这个怪物平安无事地长大，应该给它换一下罐子里已经有点浑浊的水。然后就在我们换水的时候，水母顺着下水道滑走了。

“哎呀，你的爱情！”我惊叫。

死妖精甩了甩手上的水说道：“老娘最讨厌这种滑溜溜黏糊糊的东西了。”

那天我们从深夜聊到天光大亮。我看着这个美丽又气焰嚣张的女人，心里想总算又少打了一架。

后来据说男生听到了水母的悲惨遭遇之后很是不满，觉得她太不珍视他们的爱情信物了。于是慢慢地，爱情也像水母一样滑走了。

你们也一定知道，这样的女人从来都有络绎不绝的追求者，但死妖精的恋爱却迟缓得让我经常担心她还能不能在绝经前找到归宿。我手头的存货，在她看来不是不够帅，就是没有气质，有一次竟然用男生是学文科的理由来拒绝我。我暴怒说："你到底要找什么样的，求你赶紧找个高富帅嫁掉，让我在还穿得下小礼服的时候沾你大婚的光去一趟大溪地好吗？！"

死妖精摆弄着桌前瓶瓶罐罐的化妆品装作没听见。实在被我逼急了就冲我吼："你滚回去写稿子吧，我还等着你的稿费给我买Jimmy Choo（鞋子品牌）！"

是的，很多闺蜜的对话对于开在白莲花上的少女来说，真是现实得让人讨厌。

比如说，死妖精踹开我房门把一个什么东西摔在我脸上的时候，我惊恐地看见那是一只大布老虎，眼睛瞪得像铜铃，射出闪电般的机灵。我说："晕，你的审美水准真是越来越与众不同了。"

她一脸抓狂地说："追求者送的。我说我不喜欢布老虎，他说没关系，一会儿还有个布兔子。我要不要跟他说，你就算送老娘爱马仕，老娘都得问问是什么款！"

突然她的手机响起来，她的大布兔子到了。

我看着她踩着高跟鞋妖娆的背影，心里一阵感慨。像死妖精这样的女人，她才不会把男人当做实现愿望的工具，想要一个名牌包，可以一口气去买十个，所以一个男人的礼物，奢侈或者朴素一点，都没那么重要。这种女人往往介意的是礼物里暗藏的那份改造她的决心。她们真的可以不顾头发沾满油烟、深一脚浅一脚地蹬着高跟鞋跟你钻到犄角旮旯里吃一碗麻辣烫，但如果碰到男人因此而沾沾自喜地教育她说："你看，来这里吃饭是不是又方便又便宜，不比你爱吃的那些火锅差吧，老公棒不棒？”

她们一定会掉头就走。

她们因为有能力自己实现梦想，所以并不介意你能不能帮她们实现梦想。怕的是，你奉献给她的是一个退而求其次的替代品，明明知道那不是她想要的，还洋洋得意，并且希望她像小女孩一样欢呼雀跃地跳起来，甚至对你感恩。

收到礼物之所以让人觉得幸福，往往是因为得偿所愿。从这个意义上来说，那些不愿意对一份像不速之客一般的礼物表现出惊喜的人也不能算是不知道好歹。

02

2015年元旦我许下的新年愿望是“请赐予我一年体魄健康、事业兴旺、爱情蛮荒，愿我此年能不被爱情打扰地奋力前行。”这话是当真的。一来，在前一段爱情里饱受的身心疲惫还没有完全舒缓，用来投入下一段的精力恢复得还不够多；二来，或许生活暂且进入到平顺期，独自应对各种状况的能力日益增长，一时间也不觉得特别需要一个男人来给我多余的照料。换句话说，我现在还真挺享受单身这回事。

然而事不遂人愿。我这么说或许显得太矫情，因为看起来有人追求总应该是一件值得开心的事。但是你再大一点就明白，到了我这种尴尬年纪的姑娘和小伙子，除了像我一样刚刚经历一场风雨，正理所当然地享受宁静，多半的人是急吼吼地想寻觅另一半的。谈不谈恋爱不太要紧，目的单纯，就是想要尽快结婚生子。

小安就是其中一个以这种心态追求我的男孩子。小安人如其名，梦想从来只到目力所及，小富即安。他说："我们交往一下试试看吧，我觉得你挺适合我。"

我说："小安你不要认真。"

小安说："我觉得这么些年我就是在等你这种女孩。你适合居家过日子，是我想要的。"

随即电话打了进来。我不耐烦地挂断，继续在电脑前敲稿子。小安连着打了几遍，又不停地发短信问我："你为什么不接电话？我们见见面好吗，我觉得我找到对的人了，就是你。"

我跟小安实在算不上熟，在朋友的婚礼上见过唯一一面，我帮不胜酒力的他挡掉了几杯酒，然后互相留了微信，仅此而已。我不相信一见钟情，因为跟陌生人交往的时候我永远都是在表演，或热情或高冷，几乎都不是完整真实的我。正是因为我准备好了一面之后相忘于江湖的结果，才觉得戴上一副泯然众人的面具最好。防止一见面具倾心，日久见人心失望。

但是小安死缠烂打，跟朋友要到了我的住址，于是在一个微冷的清晨，我下楼遛狗，一出楼口就看到了抱着一大捧花在风中瑟瑟发抖的小安。

不得不说，女主角会因为男主角突如其来的告白而喜极而泣的，多半是因为那是在拍电视剧，这种事在生活中不值得尝试，因为成功率极低。

很多在聚会上光彩夺目的女人私下里都邋里邋遢，你无法想象我刚刚从床上爬起来，没有洗脸没有梳头，眼角沾着眼屎，为了御寒把自己八十多斤的身材穿得像半吨那么臃肿，顶着起床气出门遛狗的时候，见到了在楼口苦苦守望心中女神的小安，我心里千万只草泥马奔腾的感觉。

小安没有注意到我已经愠怒的表情，送上花大喊："Surprise!"声音大得已经引来几个买早点的路人想要围观。

我牵着狗快走两步说："你真不该来。"

"是不是惊喜？"小安兴奋的脸颊出现一团高原红，"我就知道你会喜欢！"

我不得不停下脚步，忘了自己睡眼惺忪的模样冲他大喊："你根本就不知道什么叫惊喜！"

我是一个不主动的姑娘，在我的字典里可能一辈子都没有女追男这回事。但是可以确定的是，我如果真的喜欢上一个人，从来都不会故作骄矜得让他追我追得太辛苦；但相反的，如果我真的没有感觉，我不太喜欢吊人胃口，所以更讨厌死缠烂打。最聪明的追求是适可而止。

更重要的是，喜欢我的那个人一定要尊重我的选择。这世间独立行走的每个人都不是货架上供人挑挑拣拣的货品，就算经过时光淘洗，退却了最年轻的容颜，但是只要彼此都还保存有对于爱情的信仰、对自我的尊敬，他就永远拥有说不的权利。所谓"剩男剩女"的危机感，多半是自己在心里已经给自己贬值，没有了最初的情怀，觉得自己不配得到最好的爱。

所以我觉得，一个人追求另一个人的方式往往能预示出他们得手之后与对方的相处方式。如果在追求的时候都不曾把对方的想法放在心里，只因为那是你想要的人，就不管对方是不是希望恋爱，就死缠烂打、屡败屡战，这样的人，在今后漫长的交往过程中也往往唯我独尊。性格是随着时间慢慢暴露的，但通过最初行为处事的方式，我们多少能看到为日后预留的伏笔。

其实到了现在这个年纪，我们都或多或少地经历了一些悲欢离合，都曾经无比真诚地许下过承诺，也眼睁睁看着梦想被放逐。那么在此之后，依然愿意勇敢地表达爱、追求爱的人其实很珍贵。所以我们通常都觉得，“喜欢就勇敢去追，就算被拒绝也应该为了自己的所爱再多一次尝试”这样的坚持是一种美德。多少人被如此鼓动着，遭受拒绝依然不言放弃，受尽冷眼依然觉得曙光在前。

相对于这样的“好男人”“好女人”，我倒觉得我们更应该锻炼自己爱对方的能力。无论何时，你都不是丈量你爱人的标准，你给予的未必是她想要的，你认为对的也不总是她觉得好的。如果爱情就是一方尽情随心所欲，另一方顺从照单全收，那么它跟管教没有什么区别。

我们总是太急着表达自己炽热的情感，总觉得良人稍纵即逝，追求就应该如疾风骤雨般。殊不知爱情自有规律，任你心急火燎，它自不疾不徐，这期间煲煮的不仅仅是你的耐心，更是感知力。一个有能力陪伴彼此永生永世的爱人，应当学会体察对方的心意。毕竟爱情这种可意会不可言传的感觉，穷追猛打到手的是少数，这世上多半的爱，都是彼此倾心。

Carnaval

有时候，比起随时随地的陪伴，我们更要学着
给对方独处的空间。
学着把你的热情收一收，因为有一些感伤真的
只要静静就好。

不打扰
是我对你的温柔

说实话，草莓小姐分手之后，我们都挺担心她的。毕竟月前还在高调示爱的两个人突然闹掰了，在我们这些观众看来真的很突然。

按照我们的推算，突然卸任女朋友身份的草莓应该很失落，至少是很无聊才对。所以她很可能突然在下半夜拉出我们中的谁陪她聊天，跟豌豆射手一样“嘟噜嘟噜”不停地吐弹药发牢骚。我们这群狐朋狗友们突然觉

得自己应该干点正事，于是专门建了一个没有草莓的讨论组，二十四小时轮班看护着草莓的朋友圈，约定发现情况的人就在群里发一只神经蛙或者欢乐马预警。

可是起初草莓跟以前一样，每天大大咧咧地发布点八卦新闻，贫贫嘴，骂骂人，频率不快也不慢；入夜就睡，晨起就醒，跟我们想象中失恋者肝肠寸断的样子完全不一样。我们纳闷又担心地聊道：

“没事儿吧她，怎么一点症状都没有，连伤心都不会表达了是不是就没有救了？”

“去你小姨妈家的香蕉皮！瞎说八道！这样不比寻死觅活的好多了？”

……

最后，队长在语音里清了清喉咙说道：“大家不要放松警惕，这可能是暴风雨前的平静，注意观察。”

果然，有一天夜里，群里的欢乐马淫荡地扭动起来。蹲守了几个月的我们像嗅到血腥的狼，迅速点开草莓的朋友圈。只见她写道：

“有人说痛苦是可以比较大小的，比如蚊虫叮咬之痛必然不及剖腹生子。我这才知道，那说的是痛感，不是痛苦。痛苦是羽箭穿胸，前进后退都是一刀，既不得善始善终，也无法全身而退。”

我们讨论着：“这什么意思啊？这肯定难受了！”

可是我们发出去的慰问信都像被草莓自动拒收了一样，她不再继续神叨叨地喃喃自语，也没有回复我们任何一个人。第二天一大早，当我们下意识抓起手机的时候，却看到草莓的朋友圈发了一只翻白眼的哈士奇。

接下来又是一段风平浪静的日子。

差不多有小一年的时间，这种事情循环往复了不少次。每一次草莓继续风平浪静，我们都变本加厉地担心起来：

“你们说，小一年了，恢复得快的男朋友都不晓得换了几任了，草莓还这么偶尔就发一条伤感的状态，是不是抑郁症啊？”

“八成是，一看就是还没有走出来，实在不行，咱们撺掇他们复合吧？”

……

队长又咳嗽了两声说：“我们还是把草莓叫出来好好问一问。”

草莓就这么莫名其妙地被我们五花大绑了来。我们开门见山地说：“你说实话，你是不是还爱芋头？”

草莓一口水喷出来说：“你们第一天认识我吗？老娘是那种爱着却矫情兮兮闹分手的人？”

我们都快给她跪下了，恳求道：“你别嘴硬了行吗？你要是没有想着芋头，你经常下半夜发的那些状态是些什么东西？你要不是还爱芋头，到现在都不谈恋爱又是在等谁？”

草莓摆出一副众卿平身的贱样又开始讲起故事来：

“有一年，我的一个好朋友被贱女人撬了男朋友，她就冲过去把那女的给打了，还因此背了学校处分。我就问她说，你值得吗，就不能想想有没有更好的解决方式？她想了想，然后看着我说，还真没有。

“我以为这女人暴力得没有救了，但自己静下来想想，还真是。虽然打人怎么说都是不对的，可是被抢男友这种哑巴亏，法律管不着，勉强蹭着道德的边，还得因为你情我愿勉强不来这种狗屁理论忍气吞声，真的还就没有一个耳光来得痛快解气。”

草莓看了看听着一头雾水的我们，接着说：“我其实也是这路女人。半夜睡不着，确实爱胡思乱想，那种感受写出来对我来说就是比生生咽下去更管用的疗愈方式。你们看上去觉得我是痛不欲生，其实那一刻是有点疼的，可是不让我写、不给你们看到，我更辗转反侧不得安眠。不过你们实在不用那么草木皆兵，看到了当没看到就好，因为我本来就是写出来就好了一半的这种人。所以我只能说，夜里偶尔自己把自己绕进去包起来，是有的；但是第二天又活蹦乱跳没心没肺，也确实是真的。”

鉴于上次的教训，我们这回已经提前按住了眼珠子，防止它们再叮叮当当地掉出来。

“牛——逼！”队长仰天长啸。

“那你怎么还不找男朋友呢？”我们又不甘心地问，“你可别一朝被甩、一生单身啊！”

草莓这次很认真地说：“我承认，芋头深深地打动过我。那些过往和感动，不是说我们分手了就能像重装系统一样清零的，甚至一辈子它们都可能留在那。可是，我和芋头都很清楚，我们分开了，不单单是离开一个已经不爱了的人，更重要的是我们都要继续去寻找更值得我们爱的人。所以要说我对爱情失望、终身不嫁，这是不可能的。”

这话倒叫我们长长地舒了口气。

草莓接着说：“话说回来，爱情这东西不是你能定义的。如果只是想找一个搭伙过日子的人，爱情这个命题简直太简单了，甚至我和芋头都不用那么艰难地离开对方，毕竟我们那么熟悉，就算同床异梦，在你们眼里都还是一世爱侣。可是谁让我们的爱情都开启的是宁缺毋滥模式。我暂时还没有找到比芋头更适合我的人、跟我更默契的人，所以我宁可先单着。”草莓看了看我们，继续说：“既然早晚会嫁人，那么所剩不多的单身时光自然是过一天少一天，为什么不好好享受？你们又干什么这么着急把我嫁出去？”

为草莓担心了小一年的我们终于彻底放下心来。

说实话，身边不按套路出牌的朋友一多，我真的就不知道该怎么表达关心。在她痛苦呢喃的时候，置若罔闻太残忍，嘘寒问暖又怕触到对方痛处，何况还有草莓这种人，她的自说自话仅仅就是想说说而已。

其实想清楚了倒是一点都不奇怪，因为任何一段被认真对待的爱情，不论存续的时间长与短，看上去曾经热烈还是寡淡，置身其中的两个人一定都互相搀扶着翻越了无数的山，走过很长一段崎岖的路，也喘息着看到过绝顶的风景。这其中的苦辣酸甜，不是三言两语能讲清楚的。因为我们永远都不会知道，照片上的笑脸经历过多少次暗夜的哭泣，而那份不顾一切的坚定又是因为被给予过多少感动。

所以，对于一份走到尽头的爱情，没有头绪的安慰不见得比保持沉默更高明。

就像此时此刻，我且说说，你且听听。

有一些人自我疗愈的方式就是公之于众的喃喃自语，表面说给所有人听，实则是自己开导自己。也并不是他们的诉说打扰到了我们，而是我们太容易被打扰，总希望在别人的故事里插一脚，始终学不会处之泰然、不动声色。

从这个角度来说，学会不急于发表意见是我们能为彼此做的最好的事情。因为有一些晚上，有一些姑娘，她们是需要以你们看得见的方式跟自己说说话的，她们其实不需要你们做什么，怜悯或者担心都不需要，你安安静静地看着她，不打扰，不用阻止她，她很快就好。

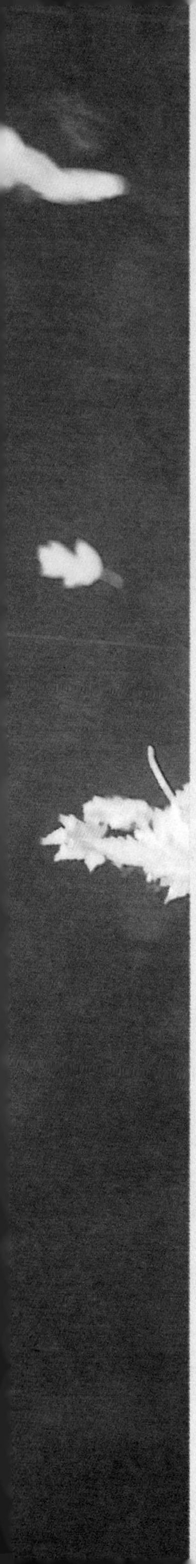

父母疼爱你领进家门的那个女孩，不是因为他们母爱、父爱泛滥，而是爱屋及乌，他们是因为疼爱你，所以善待那个对他们来说本来是陌生人的女孩。

你要明白这个道理，就不应该忘了自己的角色，不要总是靠父母替你完成你为人夫的责任。

那些年
错开的枪

很多女孩儿最不爱听的一句话是男朋友说：“我妈很不容易，你要对她好一点。”

这句话之所以刺耳，其实倒不是因为这个要求有什么不合理的地方，只不过大多数的女孩儿都会觉得，“孝顺老人是我本能就会去做的事，你用得着这样刻意地提醒吗？看来，若不是你骨子里仍然把我当成你们家的外人，就是你压根不相信我有这种美德。”

网上流传过那么一段话："一个女人，她爸妈养了她二十多年，没吃你家一口饭，没喝你家一口水，你凭什么要求她初来乍到你们家就对你爸妈俯首帖耳、毕恭毕敬？"这话我听着就心虚，因为事实上那个时候我已经吃了C家很多顿饭了；但即便我没有吃，我也依然觉得，对男友的父母家人好一些、体贴一些是理所应当的事。因为我爱的这个男人降生到这个世界上的时候，浑身赤条条没有一丝美德，跟每一个婴儿一样自私，不分白天黑夜只要饿了就哭，从来都只知道为一己之私折腾别人；现在他身上呈现出来的每一处光彩夺目的优点都是父母含辛茹苦的成果。如果家人没有教给他温柔体贴，在我生病发烧的时候，他就不晓得要给我端水喂药；如果父母不曾灌输他勇敢担当，在我们面对未来的种种不确定的时候，他也就不会把我保护在身后，自己单枪匹马上前试探一下世界的凶险。

只不过，当我们怀揣着爱的初心跟别人相处的时候，方式总是不尽相同。每一种方式都算不上有什么不好，却常常会跟对方期待的不一样。

芋圆姑娘跟她男朋友大熊吵架比较厉害的一次，我就坐在她旁边看着她打电话。大熊质问她为什么这么久都没有跟他妈妈发信息了。芋圆截图给他看说："也没有很久，不是三天前我才跟阿姨聊过的吗？"

他说："你当发短信是上班打卡啊，还要数着隔了几天，发条短信只要一分钟，你每天就忙得连一分钟都没有吗，我妈很寂寞你不知道吗？"

芋圆当时就觉得很委屈，因为从念本科离开家开始，到现在念硕士，她都不是那种会跟久久不见的朋友保持密切联系的人，连每天跟家里通电话也是妈妈打给她。这一点，作为朋友的我深有感触，如果我不主动联系芋圆，她是能够做到一整年想不起来联络我的；我也不太知道所谓的“经常联系”的频率应该是有多经常，但即便是对于我来说，对于才见了几次面的熟悉程度而言，跟男朋友妈妈三天一通短信已经算是很频繁了。

芋圆说：“每次阿姨都只回复只言片语，我以为她在忙不想跟我发短信呢。”

大熊说：“她当然不想发短信了，父母岁数都大了眼睛不好，加上打字也不如我们快，你就不会打电话吗？”

有的时候，我确实是挺热衷于吵架的，但这个架要吵得有必要，两个人都互相发泄一通之后就能彻底明白对方的想法，以后遇到类似的问题，笑一笑就能过去；但是芋圆这一架吵到这里，我觉得她已经完全没必要再多说一句话了，因为从大熊打电话过来质问芋圆的那一刹那，我就觉得其实他们已经偏题了。

芋圆气愤地挂掉电话，我说：“你告诉大熊，让他自己翻翻短信记录，数数看他过去几个星期给他妈妈主动发过多少条信息，每次的态度是真诚地倾听妈妈的抱怨，还是看似宽慰实则不耐烦的敷衍？让他自己看看去吧。”

芋圆说：“哼，还用看吗，他都常常跟我说，‘我妈又跟我抱怨这个那个的了，我听着耳朵都起茧子了，好老婆你经常陪她聊聊天，解放一下你老公好不好？’”

情侣总会因为各种各样的原因吵架。在我看来最令人感到遗憾的莫过于两个人相处起来如胶似漆，但只要一涉及自己的父母，两个人就针锋相对起来，一对璧人迅速抽身分别捍卫各自的家庭，说来说去都是觉得对方对自己的父母不够关心。

其实就像我开头所说的，作为儿媳妇或者女婿，对父母的关爱不只要够，甚至要给的比对方本人还多。你爱人的父母，不论是什么样的性格、有什么样的喜好，单凭他们抚养出来一个你的心上人这一件事，就值得你百般孝顺他们。

但是恕我直言，“没有照顾好我的爸妈”往往只是你逃避自己应该尽孝的借口，你首先要问问自己，作为儿子或女儿的我们自身有没有尽到自己的责任？因为我们才是最应该孝顺自己父母的人，没有什么比来自我们的问候更能让自己的老爹老妈感到快乐。你找的那个替代者再殷勤、再称职，他们始终代替不了你。当你的妈妈因为你女朋友没有多给她发一条短信而感到寂寞的时候，你是不是该问问自己，为什么填补母亲寂寞时光的那个人不是你——不应该是你吗？你找到了一个好老公、好老婆，当然是多了一个人跟你一起疼爱你的父母，可是你就因此可以少尽一份责任了吗？当你质问另一半“你为什么没有照顾好我的父母”的时候，是不是首先问问自己：我做到了什么？

聊起来这个话题，我的朋友小鹿也有话想说。

小鹿上学的地方离男朋友的家很近，每个周末男友的爸妈都喊她回家一起吃饭；有的时候男友不在，叔叔阿姨依旧早早去菜市场买来小鹿最爱吃的东西煮给她吃；男友的妈妈逛街看到女孩儿的漂亮衣服，就给小鹿买下来，五颜六色的衣服装满了一个衣橱。小鹿说她最感动的一次是跟他们一家三口人去逛夜市，走进一家玩具店，里面摆着各式各样的洋娃娃，小鹿一进去就挪不动脚了，男朋友贴在她耳边轻轻说："不要了吧，一个娃娃两百多块钱，而且明天咱们还要赶飞机，你抱着娃娃怎么走？"小鹿想想也是，放下娃娃拉着男友就蹦蹦跳跳地出门了。

走了一会儿大家发现男朋友的爸爸不见了，左找右找不见人，那天还下着雨，路上行人稀少，大家正不知道怎么办的时候，就看到叔叔抱着一个大盒子从那家玩具店走出来，他把娃娃塞进小鹿怀里说："看看是不是你最喜欢的那个？"小鹿当时眼泪就掉下来了。

叔叔阿姨对小鹿是真的好，但是小鹿跟男朋友常常闹矛盾。比如说，有一天男朋友出差，他订的快递送到了物业传达室，男朋友打电话让小鹿去取。小鹿看了看天色，外面正狂风暴雨，就说："反正物业已经签收了，一会儿雨停了我去给你拿好不好？"

男朋友说："你这个人，做事就喜欢拖拖拉拉，一会儿你就该忘记这回事了，到后来快递再给退回去。你还是现在去拿吧，家里有伞。"

小鹿挂上电话，在家里找了半天，找到一把伞骨都折了的破伞出门了。外面的雨下得像冒烟似的白茫茫一片，刚出楼道，伞就被风吹翻了。小鹿狼狈地跑到物业那里，见到一个有半个自己那么大的箱子，她咬咬牙，一口气把箱子拖回家，浑身湿透。

一到家就接到男朋友的电话："宝贝儿啊，东西拿回来了吗？"

"嗯。就是湿透了。"

"啊？不是让你打伞吗？你赶紧把包裹拆开晾一下，淋坏了就不能用了。"

小鹿咬着嘴唇挂断电话，心里说："其实是我湿透了。"

很久很久以后，小鹿跟男朋友吵架。男朋友说："你看看我爸妈送过你多少礼物，你抱过一下的娃娃，我爸就屁颠屁颠给你买下来；我妈给你买的衣服，标签都还没来得及剪，新的又买回来了，你说，你还有什么不满意？"

小鹿最后看了看男朋友的脸，他因为想起自己父母对小鹿无微不至的照顾而显得格外振振有词，耀武扬威地等待小鹿低头认错。小鹿叹了口气说："咱们分手吧。"

这么决绝不是没有道理。父母疼爱你领进家门的那个女孩，不是因为他们母爱、父爱泛滥，而是爱屋及乌，他们是因为疼爱你，所以善待那个对他们来说本来是陌生人的女孩。你要明白这个道理，就不应该忘了自己的角色，不要总是靠父母替你完成你为人夫的责任。

那些心灵鸡汤总是教育我们要做一个独立的人。独立的定义好像从来都是不论你是男人还是女人，都不能把婚姻和爱情作为一次获得重生的交易，不要期望你的妻子一定要是豪门小姐，能让你变成乘龙快婿；更不要奢求你的丈夫为你一掷千金，作为女人你总是要有自己的事业，有独立养活自己的能力。

这些话固然都没有错，可很多人误以为这就是独立的全部含义。

爱情或许可以一见钟情，但婚姻必须能经受住时间的淬炼。如果你足够独立，独立到能够让家人因为你而感受到关怀和爱，你又怎么会把照顾你父母的责任通通推卸给你的丈夫或者妻子，怪他们不够尽心尽力，却总说自己忙得没有时间回家看看?

如果你真的足够强大,强大到能够身体力行地支撑起那简单的一句“我愿意”，你又怎么会把体贴自己丈夫或者妻子的机会让给你的父母，要知道此时此刻，他们其实更愿意做一些自己喜欢、却为了抚养你而荒废了数十年的事情。他们也曾经是热恋的眷侣，你在他们最相爱的时候到来，剥夺了他们二人独处的机会，然后等你长大了，却还粗心大意地让他们替你向你的另一半表达爱意，付出关怀。

说到底，无论爱情和婚姻的本质是什么，我都不太赞同把它扩大到两个家庭的高度。因为很多时候，只要两个人各自做好自己分内的事情，就根本不会出现两个家庭的矛盾；那些矛盾，往往不是对方的不合格带来的，不尽责的是你自己，既没有做个孝顺的孩子，也没有做个体贴的爱人。

遗憾的是，当问题出现的时候，我们总是忙不迭地把枪口对准他人。

这或许也就是为什么，我们结束了一段又一段不适合的爱情，经历了一次又一次撕心裂肺的别离，那束代表幸福的阳光都始终没有向我们照射下来。

PART 5

简单生活，简单爱

我隔空举杯，敬，那些眼光独到、有伤口的女孩！

樱桃说得对，大家都是女人，谁也不是英雄，别人坚持不了的路，你未必走得更长。有些放弃确实是罪不可赦的，但有些放弃也是情有可原的。坚持了那么久才离开，前进和后退都是一道穿心的伤口，敢抽身的女人，或许都是一本可以拿来读一读的教科书。

似乎世间所有的学习，只有爱情一种是你不愿意站在巨人的肩膀上；你渴望每片疆土都由自己开拓，每颗种子都由自己撒播。就算其他人都在这里挥汗如雨、颗粒无收，你也觉得自己能让这满眼荒芜之地开出花朵。

对别人的伤疤嗤之以鼻，却没来由地相信自己能成为例外，这就往往容易受到伤害。

隔空致敬

半夜，樱桃打来电话，声音疲惫地说："过来喝酒。"

樱桃家很远，我到的时候她已微醺。我在她旁边的空酒瓶上踢出一片空地，挨着她坐下，闷头先吹了一瓶。她不看我，不声不响地喝她的。

很多年以前，我们都还是小孩子的时候，樱桃看了一个鬼故事，非要讲给我听。凌晨时分电闪雷鸣，雨点从特意留着的窗口洒进来，我们俩湿漉漉的，跟樱桃那个鬼故事的开头一模一样。樱桃不敢讲，我不敢听，我们俩突然想要喝酒壮胆。那是第一次喝酒，喝一口就苦得皱眉毛。我问樱桃："还怕吗？"她说："更怕苦。"

渐渐地，喝酒就成了我们解决问题的方式。剪坏了头发想死的心情、吃胖了腰围不敢出门的懊恼、想换工作的左右为难、被朋友背叛的痛彻心扉……苦酒入喉的瞬间，我们总能想明白，在这一秒之前既成事实的那些纠结和痛苦往往都带着我们对尚未发生、也未必会到来的最坏结局的恐惧。无论走进什么泥淖里，纠结着不肯走出来便是苦上加苦。

樱桃把手心覆盖在我的手背上，长长吐了口气，说："我和桦南分开了。"

几年前的一天，樱桃在电话里的声音像个少女："下楼吃饭，帮我看个人！"我知道这个丫头是要恋爱了。恋爱的女人，眼睛格外地神采奕奕，声音也透着清甜。

那是我第一次见到桦南。餐桌上，桦南体贴地帮樱桃拖椅子、摆餐布，用公筷为我布菜；席间他不时讲着各种奇闻异事，在樱桃听得入迷忘记吃东西的时候，他宠溺地刮一下她的鼻子，给她夹一大块去了香菜的鱼。

饭饱，我们沿着马路踱步，走过一家蛋糕店，里面有我们都喜欢的鲜奶杯。桦南走过去买走了最后两个。可能放久了的缘故，一杯杯顶的奶油已经略微地变形了，另一杯花朵美艳地开放着。桦南把完好的那个给我，笑着把残损了一角的花朵递到樱桃的嘴边。

在我看来，桦南绝对是个周全的男人：把好的给我，是善待他心爱女人的朋友；把卖相不佳的那个给樱桃，是他心里早不当她是外人。

桦南走后，樱桃笑靥如花地问我：“怎样？”

我说他不错。樱桃不太满意：“怎么叫不错啊，再详细点儿？”

我说：“樱桃，他给我的印象确实好，可这不是最重要的，重要的是你了解他多少。他谈过恋爱吗？几段？分手还是被分手？他为什么离开对方，或者，既然我们都看得出来他这么好，为什么对方离开他？”

樱桃挤着杯子里的奶油笑嘻嘻地说：“我当然问得清楚。”

樱桃和桦南开始交往。他们俩真是模范情侣的样子。

他们一起去旅游，一路上桦南不拍风景也不拍古迹，对着樱桃拼命地按快门。那段时间我的朋友圈几乎被他俩承包了，随便一刷就是各种游历于山水之间的照片。照片上樱桃明媚地笑着，裙角飞扬；他们也请路人帮忙拍合影，桦南小心地把樱桃搂在怀里，表情满足得像拥抱了全世界。

他们一起去健身，回来时两个人大汗淋漓。夏天的时候，桦南让樱桃先洗澡，趁着浴室清凉；冬天的时候，桦南先洗，把浴室洗得热气腾腾再把樱桃叫过去。

他们一起研究美食，对着菜谱尝试各种新奇的吃法。樱桃常常迷糊地把孜然当成胡椒，把味精当成白糖。樱桃把那些怪味的饭菜拿给我尝，我吃了一口就吐掉。她眉飞色舞地说：“难吃吧？他却肯吃，他爱我。”

我不想理会樱桃这种把不会煮饭当成检验真爱的标准的奇思妙想，恋爱中的女人脑子总是不太正常。我冲进厨房煮泡面的空当，樱桃却一直尾巴似的跟在我身后喋喋不休：“你上次问我那事儿，我问过他，他什么都跟我说。”

“他跟你说什么？”

“他认真谈过一个女朋友，很相爱，从刚上大学就开始了。但是毕业季的时候，他忙碌着考研和找工作，每天几乎连吃饭都怕耽误时间，相比之下女朋友就受到了些冷落。然后前女友受不了孤独，说他自私，就离开他了。”

打那开始，前女友成了我们闲聊的话题。

樱桃是那种女孩儿，喜欢刨根问底追着男友问跟前任的过往，细致到每个细节：第一次在哪里吃的什么东西啊，第一次在哪里接的吻啊，第一次在哪里过得夜啊……对于这些事，桦南从来不主动提，但若樱桃问了，他言无不尽。大约他觉得樱桃像个渴望糖豆的小孩子，每听到一个故事就咂摸出甜味，没有醋意，从来不生气。

那些故事樱桃又讲给我听。我们像刑侦大队的绘画专家那样，根据搜索的片段描摹着前女友的样子，她因此渐渐立体了起来。

一般来说，在每一段闺蜜的八卦里，前女友的形象都不会很高大。女孩儿们常常把前女友意淫成腰围两尺二、膀大腰圆一脸横肉的女施主，一说话还带着韭菜盒子味儿的方言；可如果画像成型之后，展现在我们面前的这个女人像桦南的前女友一样是个柳眉杏眼、千娇百媚的“尤物”，女孩儿们就只能无奈地转而攻击她的性格：自私、强势、任性，不懂得珍惜，永远不知道满足……

这种无聊的小游戏总是让女孩儿们乐此不疲，明明知道把那个女人定义得再丑陋、再自私，现实生活中她依然可以千姿百媚地生活着。可是这种在男人背后偷偷地丑化着前女友的行为，其实也是一种爱。因为太爱眼前这个男人，觉得他从发梢到指甲都是好的，因而不接受别人说他不好，不接受别人不爱他、抛弃他，哪怕这个人，是因为她的离开而成全了自己的前女友。可怜的前女友们总是躺枪。

我和樱桃也不例外。樱桃常常吃着桦南出差带回来的各种小吃，或者摆弄着桦南送的玩具问我：“你说那谁是不是有病，这样的男人恨不得把心都掏出来给我，竟然还说他自私，我晕！”

我说：“樱桃，如果有一天，我是说如果，桦南真的如前女友说得那样自私，你会怎样？”

樱桃把吃空的饼干盒子抱在怀里说：“他不会像对待前女友那样对我，我也不会像前女友那样对他。看，我把它吃空了呢！”

我还想说话，樱桃站起来握住我的手说：“相信我，我不是像前任那样自私的女人。这几年，他对我千万般好，倘若有天他小小自私一下，就当是我的偿还。而且我相信，真的有那一天，我能比前女友熬得过更多的寂寞，也就等得到她等不到的热闹。”

其实樱桃喊我来喝酒这天之前，我已经很久没见过她了。做樱桃这种女孩儿的朋友，你只能跟她同甘，基本没什么机会跟她共苦。日子好过的时候她每天闹人，传送带一样把她最新斩获的好吃的好玩的给你吃给你用；阴霾的时候她就自己躲起来，你狂打她的电话打到没电自动关机，她都不会吭一声。所以她没找我之前，我已经有了隐约的担心。

我说：“为什么分手？”

樱桃喝了一口酒说：“半年多前，他工作开始忙，工作量多而且压力大，他每天加班、应酬，整个人都累脱了相。我每天做好晚饭等他，有时候等得到，听他回来就把门摔得震天响，跟我抱怨一天遇到的恶心的人、龌龊的事。他把自己倒空了，我却像个装满了污秽的垃圾桶。我跟他说，桦南，能不能讲点高兴的事，你这样我好累。可是他说，你累？你有什么累的？不用工作，天天上网、逛街、玩儿，做饭累吗，有我累吗？我不吭声。大多数时候我等不到他，自己吃了饭，一个人在空荡荡的房子里，很孤单，我就把所有的灯都打开，电视电脑音响都开着，还是冷清得不行。我好想跟桦南说话，可是他回来依然是说完他的牢骚就洗澡睡了，我的话都落在心里结成了网。后来，我就跟着朋友聚会，去外地帮学校里的小学妹做活动，跟卖医疗器械的朋友跑医院，快乐了一点。可是桦南知道了不高兴，他说我这么累，你这么闲，你不陪我，还到处玩。我下班回来就想和你说说话，可是你都去陪别人说话了……”

樱桃一口气说了很多，脸红红的。她喝得有点猛了，摇摇晃晃地拿过iPad又挤着我坐下，搜索出一个女孩子的微博给我看。微博上那个女孩有好看的五官，恬静的微笑，怀里抱着胖嘟嘟的宝宝。她老公似乎没有她那么好看，不过一家三口像黄金分割线那样看着舒服。

樱桃眼睛里有点湿，不断地翻动她的照片给我看：“这是前女友。你看她这个包，已经是几年前的老款了；你再看她的衣服，一连几天的照片都是这一件。可是你看她的笑容，简直像公主那么满足，这怎么能是一个自私而不知足的姑娘呢？你看她，她是对的，我才是那个傻瓜。”

天边泛起了鱼肚白，这一夜，好像把前女友身上的劣迹都洗白了。

樱桃接着说：“我以为，她离开他，是因为她自私、太过在意自己的感受。她的微博我偷偷关注了很久，她结婚那天，我在心里暗笑，帅气的桦南和她平凡的老公比起来，我觉得她肯定悔得肠子都青了。可是我竟然没有想到过，他跟她曾经在一起四年啊，比我们俩的时间长一倍，她未必不如我爱他更多；毕业季的时候，他肯定就跟后来对我这样，忙得昏天黑地，跟最亲的人吐苦水，他难过的时候，别人好过都是罪过。所以她离开，必然是伤了心才走的。她用四年最好的青春买了一个教训，免费卖给了我，可惜我没信。我总以为是她不好，我以为我能比她做得更好，我忘了我们都是女人，我也不是英雄。”

我好久没听樱桃说这么多话。她说累了，有点困倦，靠着沙发懒洋洋地不再动弹。

我拎了一瓶酒走到窗前吹风。今夜的酒够苦，可未必抵得过樱桃心里的苦。

我想起那些我们嬉笑着给前女友扣帽子、贴标签的时光。

我们死心塌地地爱上一个男人的时候，他的好会被放大成充盈内心的喜悦，被爱包裹的女人总是想不明白，这么好的他，为什么会有人不要他。于是离开他的那个女人就被恶毒地诅咒了，她离开的理由不再有说服力。毕竟有些困难，没有降临在自己身上的时候，总觉得是轻而易举能克服的。

很少有男人像我们这样恶毒地咒骂自己的前女友，除了不想否定自己的眼光之外，或许因为他们更明白她们的苦衷，是自己的不足带给她们一次又一次的失望。

樱桃说得对，大家都是女人，谁也不是英雄，别人坚持不了的路，你未必走得更长。有些放弃确实是罪不可赦的，但有些放弃也是情有可原的。坚持了那么久才离开，前进和后退都是一道穿心的伤口，敢抽身的女人，或许都是一本可以拿来读一读的教科书。

我拾起 iPad 又看了看那个笑容恬淡的前任。眉宇间没有我想象中那么多的骄傲，不然也不会对着这家家都有的平淡幸福，笑得这样满足。

樱桃一定后悔没有听听她的理由，比起解读这个女人的无可奈何，她选择自己探索，然后现在在我眼前，烂泥一样地瘫软着。

你总觉得你爱的那个人正在给你打开一条通往幸福的路，你明明知道有多少人在这条路上跌倒，只是你宁愿相信那是因为他们走得不够坚定，在你看来，路，总是不会有错的。恋爱的女人一旦对自己的忍受力和幸运度表现出超乎自信的狂妄，就会接连不断地受伤。

我一定是喝多了，不然为什么会这么想给前女友们鞠个躬。我隔空举杯，敬，那些眼光独到、心中有伤口的女孩！

我终究是知道了自己再怎么横冲直撞都抗衡不了这个世界，有一刻，我为自己的特立独行而觉得很可耻，于是我学着向别人一样走路，跟别人一样生活，希望跟大多数人一样地活着；直到我明白，大多数人的幸福并不能够让我也觉得幸福。因为知道不论以什么方式走完，我们能拥有的都只有这一生，所以如果没有为自己坚守过，我总会觉得很遗憾。

嗨！世界，我向你求饶

01

昨天是张老师的婚礼。

我参加过很多场婚礼，我几乎在每场婚礼上都掉眼泪，虽然有的时候，我跟新郎新娘都不太熟。但是昨天的仪式我没哭，我惊喜又惊讶地看着张老师挽着她的新郎，在台上大喊出“我愿意”，然后朝台下挥手致意，那一瞬间我觉得张老师母仪天下。

张老师是我所有朋友里最不像我的。她认真、敬业、稳当，最主要的是她特别喜欢管人。学生时代，我有幸进入一个老师在讲台授课、最后几排有人摆桌子打扑克的班集体，给我们班上课是让几乎每一个老师都感到头疼的事儿，我们班的第一名常常只能考到全年级的好几百名；而张老师每次背课文都背得震天响，学习起来像一个不知疲倦的永动机。她总是问我：“你作业做完了吗，你为什么没有做完，你为什么没有做完还玩？”

毕业以后她成了一名光荣的人民教师。张老师是很暴力的，她可能有些轻微的强迫症或者狂躁症，她不能忍受小树苗刚出土就有长成歪脖子树的趋势。作为一名掌握博大精深的中华文明的语文老师，她在管教学生方面却简单粗暴得完全可以兼职体育老师，所以我经常担心会在报纸或者网络新闻的头条看到她，标题类似于“美女老师暴打叛逆学生”“学生集体斗殴被班主任单挑反转”；但是后来她生病了，住院做了个小手术，她给我说就是为学生操心上火造成的。我劝她说：“你怎么就不能随他们去，你就不能把你的职业看成普通的上班族，八小时以外爱谁谁？”

她疑惑地看着我，说：“可是学生家长把他们交给我了……”

我常常想敢娶这样一个女人的男人该是挺勇敢的，所以我经常幻想她未来老公的样子。然后她告诉我她要结婚了。

到了她的婚礼上，我才觉得其实她才是最勇敢的那个女人。婚礼的前一天，当我已经激动地睡不着的时候，她跟我说她正为一次职业生涯考试的失利而不开心，淡定的好像我才是那个要结婚的女人。她就是这样，总是有主见，总是知道自己该做什么，总是知道下一步、下下一步、未来每一步的方向。别的路上也可能有很好的风景，但她就是不看，她走的就是最妥当最稳健的那条路，她好像永远不犯错，好像是为了修正别人的错误而生的。而就是这样的她，居然愿意把自己嫁出去，愿意跟一个她深爱的男人余生相互指教。我真的觉得她很勇敢。

婚礼散场的时候我抱着她哭了，她没说话，只是用力抱了抱我。我至今都表达不出来她带给我的感慨。在我电光火石、电闪雷鸣的青春岁月里，她永远就唱着一支曲子，唱得越来越流畅、越来越娴熟，独自盛开，蝴蝶自来。放在以前我会觉得这样的人生真没意思，但是她让我真正地明白，人生不会因为你为自己规避掉磕绊和坎坷就变得不精彩，不是每个人都需要活得那么惊心动魄。

02

可惜的是，我们不是喜欢谁，就能变成谁那样的人。

最近我跟姑姑聊得最多的就是我表弟，他是那种聪明得不得了的孩子，一张超难的数学卷，他可以四十分钟做完加检查完，然后拿到满分；前几天他还刚刚参加数学竞赛，考了整个山东省的第九名。我准备公考的日子里，每次做到想死的数学部分，我都想，如果能把表弟的智商分一半给我，我应该至少能考个外交部之类的。

我表弟超神的地方在于他也不算是个用功的孩子，姑姑的微信里提到最多的就是，暑假要结束了，他连书包盖还没有掀开过；或者是，会考还没完，他就翘掉自习课打篮球，然后被赶回家了；表弟最大的遗憾是中考那年姑姑没有让他参加体育队的训练，不然他可以在运动会上为学校破一个记录；而姑姑最大的希望是他能把打篮球、打游戏、思考人生的时间放在学习上，这样他就可以考更好的分数。但是以我对表弟的了解，姑姑只能多喝点静心口服液之类来安抚自己的小心脏。

因为表弟从小就是个有想法的孩子。小时候为了给他改善体质，姑姑送他去学拉丁舞，为的就是让他多动、多跳，但他就是仔细看一遍动作，闭上眼睛想想，自己跳一遍，没有错误，就站在那里不肯动了。问他，他就说，我都会了。

三岁看到老。所以每次姑姑感慨地说表弟小时候是个多么憨厚老实的小孩儿的时候，我并不惊讶他现在的“特立独行”。

还有我表妹，这是个从小就把她爹妈逼到背着鼠标键盘上班以防止她偷偷打电脑的丫头，也是个高三时候考年级前十名或者掉出前100名都能宠辱不惊的丫头；为了抗议作业太多，她喝墨水差点吓尿班主任。

前几个月我去深圳，她在考试的前一天过来找我玩。那天的欢乐谷雨一直没停，几乎全部的室外项目都不能玩，我们就一直在湿漉漉的空旷的广场上溜达，她笑眯眯地说：“虽然没得玩，但是也很开心，你看都没有人，也不用排队……”

舅妈一直催她快回去别耽误第二天考试，这丫头却在晚上10点跟我吃完海底捞之后打算再做个指甲……

03

不想写自己，但我还是想说说自己。

我小时候就被家人和老师说是那种心很重的孩子。在幼儿园里，小朋友们都玩得上下翻飞的时候，我通常就藏在角落里听老师们聊天，然后回家绘声绘色地讲给妈妈听。我从小就不是很会跟陌生人打成一片，在一个陌生的场合里我总是离群索居的那一个。我不爱跟不熟的人亲近，连装一下我都不愿意，我老觉得，我们明明没有那么好，为什么要看上去像是熟得不得了的样子？

我从小就很恋家，虽然我执意跑去很远的地方上大学，又为了一段无疾而终的恋情去了另一个地方，但是我从来不接受将来我要跟父母分开。无论我在哪儿，我都会把他们接到身边，我要永远和他们在一起。

我从小就知道我擅长什么、不擅长什么。我可以写一篇作文然后拿到奖，也可以参加个演讲比赛然后也拿到奖，但是我到现在连火柴都不会划，也刚刚敢开煤气灶，我洗衣服总是拧不干水，我一跑步就会岔气，我洗过的碗我自己都不愿意用。

然后有一天，我遇到一个男人，突然间我觉得我可能想成为一个贤妻良母了。我变得很包容、很忍让，我甚至开始学习做家务和烧饭，我以为这些技艺会让我变得更丰富，会让我更适应一段恋爱关系、甚至是这个世道。

但是后来，我不但没有因此变得更快乐，我还生病了，而且变得焦虑、压抑、紧张、不自信。我这才承认，有些事，别人做起来是轻而易举的，而我做起来就是举步维艰的。我可以为了丰富体验去尝试一下另一种生活，但是在那种“国度”里，我的“钱”不通用，我从一个富翁变成穷光蛋；我不懂为什么每个人都能轻松赚到“钱”，而我不能，就像在我的“国度”里，他们赚不到“钱”一样。

这种为难，带来不安。

04

所以很抱歉，或许我、我们、你我他，在另一些人眼里是那么得不合时宜，形容我们永远有一个句式：“如果你能不……，那么你将能更加……”。

我遇到过一个让我想要脱胎换骨去照顾他的人。在我被爱情击中的时候，我以为成熟就是放下自己的个性、隐藏自己的性格，努力做他希望我成为的那种女人；我以为当我努力让他快乐，我也会因此而变得更快乐。于是我一直努力地去做，但是败得很惨。我才明白，有些事，就算我把自己逼到汗流浃背，也不及天赋异禀的人信手拈来的十分之一；最重要的是，我没有在这个蜕变的过程中感受到一丝一毫的快乐，更多的是挫败感。我不得不承认，纵然有一天我能烹制一桌珍馐美味让老公和孩子吃得赞不绝口，对我来说那也只是因为照顾好家人而由衷地感到幸福，而我的成就感无法从这里得到。因为不是所有的女人都必须把做个贤妻良母作为自己的唯一事业，尽管很多伦理标准希望我们这样做。

在写下这些文字的时候，我已经过了年少叛逆、心比天高的年纪，我已经明白即使给我再多支点我也撬动不了地球；我成长的第一课是学会了妥协，就像我愿意从那个心高气傲的小女孩转型洗手做羹汤；但是现在我知道，我的第二次成熟是在妥协之后，终于知道有些妥协是没有意义的，我还是应该听从内心去追逐最初的方向，但是目的已经不一样，不是为了彰显个性，而是做自己擅长和让自己舒服的事情，不管有没有人看到。毕竟，当我敢于追逐自己的梦想，我会变得更加自信，我才有能力因为自己变成一个充满喜悦和正能量的人，而真正让别人幸福。

如果小时候的特立独行是不知天高地厚的我在对世界宣战，如今的自我坚持更像是举起白旗向这个世界求饶：

世界你看！这就是全部的我，已经被你摔打得头破血流、体无完肤，我试图接受你的招安，但是那样的生活治愈了我的表皮，却流放了我的内心。所以现在我请求你，让我以我自己的方式生活。我跟有些人看上去截然不同，但是我们要走向成功都会有一个相同之处：我们都知道自己想拥有怎样的生活，并且为了过上这样的生活，我们该抓住哪些机会、付出哪些努力。

我的生活，未必是别人眼里循规蹈矩的生活；我的爱情，未必是别人眼里琴瑟和鸣的爱情；我的成就，未必是别人眼里啧啧称道的成就。有一刻我也曾想随波逐流，但是以那种毫无特色的方式过一生，比我在自己选择的道路上披荆斩棘更让我觉得艰难。

所以这个世界，在我自己对自己宣判之前，你不能替我做出评价；你给我的不为人知的艰辛就像沉重的牛粪，而我赌，我能从牛粪上开出花朵。

有些人，吵吵闹闹一辈子；有些人不声不响，从来都是众人心中的爱情典范，最后却各自天涯。
两个人的事说给一群人听，有时候不是为了分享甜蜜，仅仅想让一群旁观者帮忙确定他们是否还相爱。

秀恩爱，死得快

J小姐在大学里跟Y先生刚认识的时候，彼此心里都隐约不安。

那年，J还是一个整天踩着大拖鞋，背着大挎包，走路风风火火的女汉子。在她的辩论队里有一群嗷嗷待哺的娃，她需要带着他们跟各个学院切磋技艺，打遍校园无敌手。有时候，比赛还有十分钟开场，布置场地的学生会干事还没有露面，J一边对着开了免提的手机破口大骂，一边撸起袖子自己抬桌子搬椅子。J也有把自己累得头晕目眩的时候，她却从来不明白什么是量力而行。逞强创造出了很多奇迹，它覆盖住一个女人能力的边际，让她意识不到自己需要一个男人。

而 Y 先生那时刚刚到 J 所在的学校读研，J 是他在这所陌生的校园里见到的第一个女生。他后来跟 J 说，考完研的假期他旅行到台湾，求签请师父解，师父告诉他此去求学会遇到所爱，这当是他未来几年最大的收获。可这就像是受邀参加一个解谜游戏，你知道答案就在其中，但也知道这过程一定关卡重重，因为正常的解题逻辑一定是披荆斩棘方能拨云见日。遇到的第一个，就算直觉一直在帮你指认对方就是真命天女，你也难免会起疑心。

相处久了，感觉越来越对。他们顺理成章地成了恋人。但是他们相恋这回事，当时只有他们两个人知道。一开始不公开的确是因为顾虑重重，因为 J 风风火火几年，在周边朋友眼里已然形成了女汉子的形象，骤然幻化成小鸟依人的样子，就算不考虑大家的接受力，她自己都觉得不好意思；对于 Y 来说，刚去新学校就开始一场恋情也未免显得太玩世不恭。于是 Y 先生从来不会站在女生宿舍楼下等 J 小姐，虽然他们两个人的宿舍就在前后楼，J 站在楼梯的前窗上就能看到 Y 的阳台；J 也从来不高调出席他参加的任何活动，那一年的研究生迎新晚会，Y 是主持人，J 坐在观众席里看到散场就做贼似的偷偷溜走了。

时间久了，这种隐秘的安宁让他们感受到世外桃源般的幸福。他们常常拎着电脑窝在咖啡厅的角落里一起看一部冗长又烧脑的电影，片尾，Y 负责回忆细节，把整部影片进行严丝合缝地解谜，J 则天马行空地杜撰着导演的留白，然后两个人一本正经地说着说着就笑成一团。Y 喜欢模型和手办，他们找了一些宜家的 3D 木头人，J 画铅稿，Y 喷漆，把它们变成钢铁侠的样子。他们常常在周末躲开层层叠叠的人群，一大早就跑进公园里去看跳各种健身舞的老太太，在生长着参天巨树的林荫道上偶尔走过互相搀扶的银发夫妇，Y 先生就会挽起 J 小姐的手说："我们也就这样走向生命尽头去吧。"那段日子想来真是幸福。

其实在认识之前，他们两个都是生活里最得瑟的那种人，大到参加比赛赢得的花花绿绿的奖状和钞票，小到校园里憨态可掬的一条狗、一只猫，都恨不得拍下来分分钟传到网上，然后盯着手机坐等回复，跟朋友们互动起来。对他们来说，生活中的任何蛛丝马迹都恨不得众人知晓才有意思。

相恋之后，他们依然很得瑟，依然跟以前一样频繁地曝光自己的生活，却不约而同地对感情选择私藏。偶尔传一张两个人的合影，也是掺杂在一堆辩论队活动的合影里，根本不会引起怀疑。有时候也有好事者在照片下面评论般配不般配什么的，他们就互相截图给对方看，一起傻乐。

等他们终于浮出水面的时候，他们的关系已经固若金汤。Y 先生喜欢摄影，两个人一起去旅行的时候，我们常常被他们各种摄影作品刷屏，但是男女主角出镜的场合少之又少，常常是在我们的威胁之下，他们惮于即将丧失聚众点赞的乐趣，才酌情赐我们几张合影。

于是我们开始明白，在爱情的愉悦最大化的时候，原来周遭人恭喜不恭喜、祝福不祝福的话，多一句少一句真的没什么要紧；自己心里知道自己是幸福的，别人看不看得出来其实也不重要。既然爱情是两个人的事，那就没什么比两个人保持原有的步调更重要。

但是不知从什么时候开始，J 小姐晒的合影渐渐多了起来。起初，在咖啡厅的暖光里，常常能看到 Y 先生半拉张脸，后来连早安和晚安都开始用两个人甜蜜的笑脸做配图。几乎从来不同时出镜的一对小情侣就这样渐渐地横扫了我们的朋友圈。

我们一群朋友私下聊天的时候，常常说秀恩爱这东西真是一种传染病，连 Y 先生和 J 小姐这么低调行事的人最终也没能免俗。不过说实话，我们对他们这种越发频繁地高调示爱，大抵是不讨厌的。因为他们从来不发腻死人的“么么哒”之类的话，也不会图文不符地东拉西扯，通常只是就事论事，我们只当是在欣赏故事，两个人的故事就在 J 小姐频繁更新的朋友圈里慢慢完整了起来。

有一天，J 小姐发了一组旅行时候的照片，照片上两个人依偎在一起笑得比阳光灿烂。J 小姐说：“我一直在想，等我们很老很老了，我会把这些照片拿给我们儿子看，告诉他，你妈妈最真挚的爱，都在你们爷俩身上；你妈妈最年轻的脸，都在你爸爸的相机里。”

我们一群朋友点了无数的赞。

然后J 的朋友圈沉默了很久。久到我们需要时不时给她发送一条消息，看看是不是被她拉黑了。

差不多有两个月，J 小姐重出江湖。我们把她簇拥起来，翘首以盼着新鲜出炉的爱情故事。J 笑靥如花地看着我们，深吸一口气故作平静地说：

“现在站在你们面前的，是一位单身女青年。”

我们的眼珠子噼里啪啦地掉了一地。

“擦，今天愚人节吗？你发烧了吧？”

“你秀了几个月恩爱就是为了给我们听这个？”

“别介，你能给相信爱情的我们多留一些马赛克吗？”

大家聒噪着。

J 依然不动声色，等我们平静下来，她才款款开口：

“我跟 Y 谈了四年恋爱。这四年，几乎有三年半都是默不作声的，安静到你们都不知道我们的爱情是不是还继续着。但就是在这段让众人捉摸不清的时光里，我们默契地相爱，有些事不是刻意私藏不分享，只是话到嘴边就会发现，你根本再无法跟第三个人说明白那种感觉。可能那就是爱情，对两个人来说通常就是一个眼神的事，要说与他人听，那种被击中的热烈感觉纵然千言万语也让人觉得不过如此。

“你们也发现了，这半年，我前所未有的高调。

“你们以为，高调示爱代表着幸福，如同水满则溢，感受丰盈了自然要流露出来？对我来说却不是这样。我的爱情足够满的时候，就算你们所有人都觉得我们下一秒会分开，我还是会悄悄地躲起来幸福；只有我觉察到彼此的感觉在慢慢地消失的时候，我抓不住，有些慌张，才会频繁地秀恩爱。你们看了那些照片，给我留言说你们真幸福、他对你真好，我就好像恢复了一些安全感，我于是告诉自己说，不要想太多，旁观者清，所有人的肯定都告诉着我，我们其实依然很幸福。

“可是，一段感情发展到最后，如果它已经脆弱到需要靠别人的肯定来补足安全感，它就没有理由不走向结束。”

我们听得目瞪口呆。

静下来想想也不无道理。也许，爱情的消退真的有迹可循，或许不是从一场指桑骂槐的骂战开始的，因为不是所有的分道扬镳都附带着公开的争吵。它可能开始于，曾经那些只有你才能给我的安全感，现在需要向其他人索取；当爱情渐渐失去了保护彼此的力量，我们才会越来越在意其他人的看法。爱了那么久，知道对方何时会笑、何时会哭，哪能不知道那种感觉是不是一如既往；只不过是自己不甘心，不愿意相信爱情就这么慢慢地消失了，才需要一遍遍地请求周遭人帮忙确认。得到一次点赞，就鼓励自己再坚持一下，骗彼此还是恩爱如初的样子。

殊不知，安全感这种东西，自己给自己，固若金汤；寄望于周遭，危如累卵。于是爱情就在他们看上去爱到最浓稠的时候轰然倒塌。

对一些人来说，爱情从来不在喧哗里进入高潮。最亲密的时候只有呢喃私语；开始示爱的时候，爱情没有更近，反而渐行渐远。

最后不知道是谁说：“擦，这个世界可真复杂，连刷屏都有不一样的意思。”

你不是脾气不好，你只是没有耐心，毕竟不问青红皂白地发作一场，比刨根究底地思忖措辞来得容易也痛快得多。

但是有些事情，一旦发生就无法弥补，比如爱。所以，学会自我控制，学会从容。不要在捍卫爱情的时候让自己失去魅力。

不要在捍卫爱情的时候让自己失去魅力

洛小姐性子直、眼睛里不容沙子，脾气也不大好。她的男朋友大东海也一样。从洛小姐大赦天下、普天同庆一般地宣布她跟大东海恋爱了的时候，我把钱包拍在桌子上嚣张地说："连卡一起押，赌你们过不去半年！"

洛小姐数数钱包里的红票子，洋洋得意地朝我挥了挥说："你等着喝风吧。"

一个月过去，我约莫洛小姐宿舍里的摆件应该砸烂过一批了，没想到推门走进去，她正躲在粉红色的床帘里面跟大东海聊 QQ，咯咯笑得像个小女生。见我进来，她立马收回千娇百媚的样子，凶神恶煞地冲我说：“现在后悔还来得及，老娘跟你赌一辈子都不怕！”

我心里犯嘀咕，嘴上不服软：“谁怕谁，半年才过去一个月，就冲你跟我吹胡子瞪眼这模样，我就不信你不露出狐狸尾巴！”

我还真的想不到，一向没输过赌注的我，这次竟然输得倾家荡产。半年后的一天，洛小姐踩着高跟鞋，像一条水蛇一般缠着大东海的胳膊，对我扬了扬手：“走，老公，咱们去刷爆她的卡！”

花钱买了一个教训。我开始相信，有一些男人和女人，看上去就像火星撞地球一样，相遇似乎就是为了要互相毁灭的；可是他们却在众人等待世界末日的时候，一个成了另一个的轨道，一个成了另一个的圆心。

看在我虚心请教的份儿上，洛小姐和大东海在婚宴上终于赏了我一个故事：

那是他们恋爱的第二个年头，被学校抽调去参加一个比赛的集训。人不算少，大概有十几个，多半都是单身。封闭集训，他们住在一座宿舍楼里，女孩儿住一楼，男孩儿住二楼。年纪相仿、兴趣相投的小伙伴们特别容易打成一片，队伍里唯独有一个小姑娘，她第一天见到大东海的表现就碍了洛小姐的眼。

洛小姐冲我扬扬眉毛说：“你应该懂那种感觉，一个姑娘看上去黑黑瘦瘦的，在人堆里怎么都不起眼。但就是抬起头看见大东海的那一眼，睫毛抖了一下。”

我说：“你没事儿吧，这种细节都看得到？而且这能说明什么？”

“爱情！”洛小姐肯定地说，“如果你深爱一个男人，他周围半径二百米的范围就都是你的领域，谁闯入了，哪怕闯入的只是一束目光，你都能发现。我看见她的睫毛抖动了一下，撒在上面的阳光跳起舞来，那就是一见倾心。”

集训的闲暇时光，洛小姐通常都是跑到大东海宿舍玩，聊聊一天的训练成果，再用大东海的电脑看场电影。电影刚开始，洛小姐突然想起来那个女生，刚张嘴想说话，就看见那个黑瘦的影子站在门口，羞赧地敲了敲敞着的门。

“洛洛姐也在啊，我能来接杯热水吗？”她讨好地挥了挥手中的空杯子。

“刚烧开，不过看你也不怕烫。”洛小姐笑了笑，起身帮她接了杯水把她送下楼。

“优优啊，你们宿舍的饮水机坏了吗？”

“那倒没有。送水的师傅把水桶放在门边就走了，我们几个女孩儿抬不动装不上去，就只能喝冷水。”

“早说啊，我让大东海下楼给你们把桶装上。”洛小姐作势掏出手机。

“不用了洛洛姐！”优优慌忙制止她，“寝室里本来就我自己要喝热的，其他人都喜欢喝冷水，不用麻烦学长了。”

“这个女孩有问题。” 洛小姐对大东海说。

大东海头也不抬地说：“你别多想了，就上来接杯水。”

“我问你，楼下这么多女生寝室，她要喝热水怎么不敲我们宿舍的门？你的宿舍也不是二楼正对楼梯口的那间，怎么就偏偏找你呢？”

“兴许就是赶巧了呢。”大东海有些不知道怎么回答，不敢看洛小姐闪闪发光的眼睛。

这种赶巧的事情陆续又发生了几次。

比如说，两个人正在看电影，突然有人敲门。洛小姐打开门，看见优优一脸灿烂随即又尴尬的表情。

“洛洛姐……就知道你也在！今天训练辛苦了，给你们吃水果！”她把手里的一捧蜜橘塞到洛小姐手里，转身拔腿就跑。

洛小姐戏谑地把蜜橘扔到大东海手里：“哼，只有四个小橘子，一看就知道是给你的一人份！”

再比如，白天大家训练到没有头绪，头脑风暴也不管用的时候，一群人就聚在一起玩杀人游戏。第一轮大东海就被杀了。轮到洛小姐发言的时候，洛小姐直勾勾瞪着优优的鼻尖：“她就是杀手！”

其他人抗议说：“洛洛，你挺会玩儿的呀，怎么这样，人家为什么是杀手，你给个理由啊？”

洛小姐一拍桌子："你们玩不玩？玩儿就投票，她就是杀手，错了我把这盒纸牌吃了！不玩都滚！"

大家不敢作声，一起投票杀死了优优，然后齐刷刷看向法官。法官摊摊手："杀手被杀，游戏结束。"

讲到这一段，我不解地问："你怎么知道优优是杀手？"

洛小姐挽着大东海的手教育我："你喜欢一个人，就会想用各种方法吸引他的关注。杀人游戏，你可能不记得法官是谁，但第一轮就杀了你的那个人，你忘不了。"

听到这，连小三逼宫的戏码都快上演了，这看上去分明就是一段危机四伏的爱情，完全解释不了他俩是怎么跨越重重阻碍、各自战胜了火爆脾气牵手走上红毯的。大东海看出了我的疑虑，替洛小姐讲下去：

"我跟洛洛虽然一起集训，但却分在两个小组，白天一起讨论，晚上就分组行动。有一天晚上，洛洛他们组比我们先完成任务，各自回宿舍休息去了，我们还在会议室制作 PPT，快结束的时候，突然下起了大雨。

"雨来得很急，下到地上像冒烟一样。洛洛给我发短信说要来送伞，我看了看电闪雷鸣的天气，实在心疼她，就跟她说，我们宿舍兄弟带了伞，一会儿就一起回去了。

"我们确实有几把伞，但是遮不住那么多人。我年纪最大，理所应当照顾所有人，于是我让大家结伴分头走，我在走廊里抽烟，想着雨小一点直接跑回去。不知道什么时候，偌大的会议室就只剩下我一个人了。

“突然，优优就出现了，拿着一把伞跟我说，东海学长，我们一起回去吧！

“我当时觉得，一来雨越来越大，完全没有要停的意思；二来推托让她自己走未免太矫情，好像我心里有什么见不得人的想法似的。我就同意了。

“优优的伞很小，一出大楼就被风吹得差点翻过来，加上电闪雷鸣，优优好像很害怕，瘦小的身体一直往我身边靠，一边靠一边瑟瑟发抖。

“我心里万分尴尬，觉得不妥当，又不能把她推进雨里。进退维谷的时候我们就看见，洛洛撑着一把伞，迎面站在我们面前。

“我当时就想，完了，肯定解释不清，以洛洛的脾气，怕是要打起来了。

“没承想，洛洛看了我们几秒钟，伸手把优优拉到自己的伞下，把伞柄递给她，自己一弯腰，钻到我这边勾住了我的胳膊。她娇嗔地捶了我一下说，都说了让你等一会儿，我把伞送来。两个人打这么小一把伞，你身强体壮倒是不怕雨淋，优优这种小女生受得了吗？

“以我对洛洛的了解，这完全不应该是她的反应。我反正是惊呆了，不敢搭话，不知道这是不是雷雨前的平静，三步并作两步地跟着洛洛回去了。

“刚进宿舍门，还来不及换衣服，我就忙不迭地跟洛洛解释这是一场误会。

“洛洛一边拿干毛巾帮我擦着头发，一边说：‘我知道。爱情总有路障，

Love

on the road,
we each understand

胆怯的女人选择视而不见，愚蠢的女人选择近身肉搏。我不是个好脾气的女人，但也不是愚蠢的女人。妾有情、郎无意，我不是看不出来，当着她的面让你下不来台，实在是让她太得意；而为了一个无关紧要的人，无端端把战火引燃到你身上，也真的没有这个必要。’”

大东海说完，搂了搂洛小姐的肩膀认真地告诉我：“从那一刻我就知道，我要娶这个女人。就是她了，没有别人。”

这次事件之后，优优收敛了很多。只是在集训快结束的时候，优优又敲响了大东海的房门。这次她递过来一个移动硬盘，说是想拷一些大东海电脑里的集训资料。

洛洛扬了扬眉毛跟我说：“其实我电脑里的资料比东海的还全呢，她不要，她只要东海的。”

可是不承想，优优的移动硬盘有病毒，大东海的电脑瞬间就被格式化了。大东海急地砸墙，这里面可是存着几年来他南征北战的各种资料和绝版照片，丢失了都找不回来。

大东海指着优优骂：“你怎么这么粗心！一个女孩子，这么邋遢，自己的移动硬盘有病毒不知道吗？”

优优泪眼婆娑，声音都吓颤了，拼命解释说：“我……我不知道啊……可能是在学校打印店打印东西的时候……也可能是借给谁……我也不知道……呜呜……”

大东海跟我说："洛洛真的是个仙女，不但没有落井下石，还搂着优优的肩膀把她送出门，在门口还轻声细语地安慰她。"

与此我大概明白了一个女人的智慧。

当别人闯入你的领地的时候，很多人的表达方式就是草木皆兵、小题大做、山雨欲来风满楼。敌人还没有杀进禁区，帷幄之中就已方寸大乱，白白让外人看了笑话，看似永远不管不顾地向前冲，其实节节败退。

聪明的女人表达不满的方式，是出人意料的淡定和从容。这份从容不仅是面对敌军的风度，更向爱人传递了信念：因为我爱你，所以我信任你，我不会失态，我比任何时候都要与你十指相扣。

这份从容与脾气无关。脾气坏得如同洛小姐一般，三言两语不和就想跟人吹胡子瞪眼睛，一点都不是你在感情里失态的借口。你不要因此愤愤不平，因为老天总是公平的。他为你安排伏兵，就一定会预设一个退出机制。你只要够冷静、够优雅、够信任对方，总有一天，触发那个退出机制的不会是你，而是你的爱人。就像大东海毫不留情地训斥优优一样。

而怎么告别那些最终落败的入侵者，就完全看你心意。你可以给她一些怜悯和同情，也可以在送别的那天好好给她上一课。

我私下问洛小姐："别唬人，你搂着优优的肩膀送她出门的时候，到底给人家说了什么？"

洛小姐狡黠地看着我，笑了笑："我跟她说，管好自己的移动硬盘，不能到处给人乱插，中了毒，修不好，还招人嫌弃。”

我久久注视着红毯上拥吻的一对璧人。也许很多人的爱情都需要击退敌军才能君临天下，可是你不一定需要杀得血肉横飞，愿你淡定，兵不血刃。

有人喜欢房子和车，也有人向往诗与远方。两全其美固然是好的，但对于普通人来说，很难兼得。可就是因为这样的割舍，才能真正让你明白什么是最重要的。

现实从来没有击碎过爱情，只是影响我们做决定的原因不再只有爱情。这样没有什么不对，只要你想清楚，你的远方到底离你越来越近，还是遥遥无期。

房子里的爱情

以前我老是觉得，电视剧里那种爱情长跑了很久，到了冲刺的时候却因为买车、买房、彩礼、嫁妆之类的琐事争执不下，最终功败垂成的事情距离我很遥远。因为爱情对我来说，更多意味着一场风花雪月的梦幻，是十指紧扣的双手和坦白相授的内心。不太在意有没有只砖片瓦。

毕竟，我们这一代人，大都没有吃过苦，比较少被现实打磨的人应该更喜欢做梦。

但是接二连三的，哥们儿姐们儿因为这些琐事而光荣回归单身行列的不少，犹豫不决却又僵持不下的更多。就像糖糖，跟男友相识十二年，相恋六年，为了长相厮守，一个放弃了出国进修的机会，一个放弃了保研深造的机会，两个人一起回到家乡。这是我们朋友圈里第一对堪称所做的所有选择都只为了长相厮守的情侣，简直成为了我们的爱情楷模，谁也没有想到他们却也在谈婚论嫁的时候闹得不可开交。

我开导她说："姐们儿，这年头碰到一个靠谱男人的概率不亚于中彩票，何况那么多磕磕绊绊你们都义无反顾地闯过来了，你们为彼此翻越的那些火焰山，哪一座不比一套房子意义重大？不买房可以租嘛，真要因为一套房子就不要爱人了？"

糖糖不耐烦地挥挥手说："你不懂。房子是他们家同意买的，可问题是，写的是他妈妈的名字。"

我更加不解："这不是更简单了？既然有房，又不是不让你住，写谁的名字有什么要紧？"

糖糖推了我一把："亏你还是211大学的法学院毕业的，不动产权属以登记为生效要件你不知道吗？写了谁的名字就是谁的房子。现在房子写了他妈妈的名字，万一我们将来离婚了，我连一块瓷砖都分不走了！"

我默不作声，糖糖继续说："然后又牵扯上陪嫁。他妈妈的意思是想让我们家买一辆车，可是我觉得我妈妈说的有道理，买车不如给钱，一张卡不论保管在谁那里，将来分道扬镳，都能完璧归赵；车子不一样，开个三年五年怎么可能依然保值，根本就成了不值钱的废铁……”

我听得头疼，示意她别再说下去了。

为什么还没有结婚，大家算计的就都是离婚以后怎么瓜分财产最合算？结婚不是应该想方设法天长地久吗，从一开始想的就是一拍两散的事儿，能过好吗？

小时候，我们全家人住在一个二十多平方米、一室一厅的小房子里，空间小得感觉转个身都能踩到彼此的脚。后来，爸爸用木板在阳台上搭了一张小床。其实现在想想，那是一张什么样的床啊，床的两边贴着冰冷的水泥墙，正午的时候，阳光炙烤得人喘不过气；寒冬腊月，风从窗缝里呼呼地灌进来。可我却因为有了这张床而开心得又蹦又跳。爸爸心疼我，天气稍稍转凉，他就把我赶到屋里跟妈妈一起睡，他自己睡阳台。

可是他不知道，我多么喜欢那张床。再冷的晚上，只要我趴在床沿边，就能看见天空的星星。那时候的夜色像水一样澄净，星星颗颗分明，每一颗上都挂着我的烦恼和愿望。

我想这是我们很多孩子的童年。那些没有房子、车子，没有丰裕物质保障的生活，我们都多多少少地经历过，这段生活渐渐模糊在我们的记忆里，变成了一段过来人危言耸听的谈资，我们听着他们的话，总觉得没房没车、每月交房租的日子简直不叫做日子。但其实，我们大多数人都被这

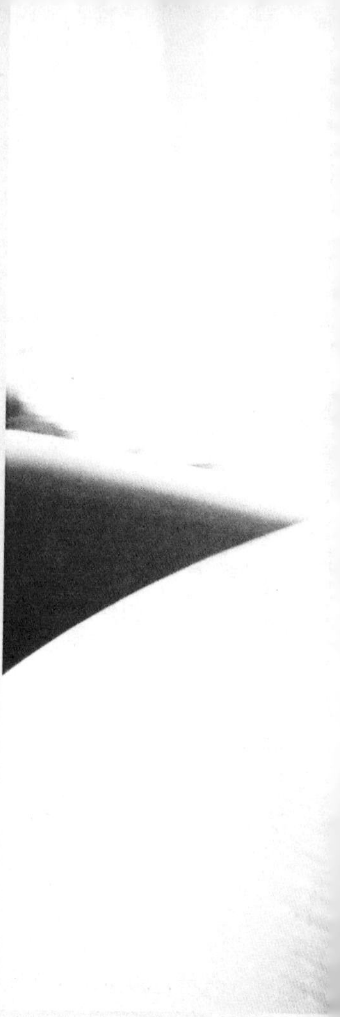

Carnaval

样的日子喂养长大，并没有因此失去一部分童年的快乐。因为那时候我们懂得，每一个梦想都在自己的手上。就算爸爸妈妈上班把你锁在房子里，你都可以翻窗户跳到外面的世界去。

不知道从什么时候开始，那个跳出房子找快乐的你，却心甘情愿地把自己的未来和梦想亲手锁进房子里。我们都渐渐不再是当年那个靠数星星就能做个好梦的孩子了。

说到主动不要房子，我身边真的有这样一位朋友。

小姑娘和男友工作的地方距离男友的家乡很近，只有一个多小时的车程。男友的父母多次表示想在老家给他们买一座婚房，小姑娘都拒绝了。

好多人说："你傻呀？送上门的都不要。"

她答："不是不想要，是不敢要。在我们俩的计划里，从来都没想过回家乡，但其实，他父母一直很希望我们回去工作。如果接受了这套房，其实就等于默认了老两口的希望。崭新的房子，装修得那样好，如果不去住真的是辜负了老人一片心意，可是如果回去，就再也没有梦想了。我不愿意让一套房子决定自己的人生走向。"

在我最年轻、头脑简单的时候，我从来不觉得爱情和面包是一道选择题，因为爱情就是我的面包，拥有爱情就等于拥有了一切；但确实，现在的我已经过了有情饮水饱的年纪，婚姻里的物质对我来说，从不重要又渐渐变得重要起来。所以我不能说那些为了一套房子放弃爱情的女孩儿是不是错了，但至少我们应该在做选择前想清楚，想要的那套房子，到底是实现了你的梦想，还是禁锢了你的梦想。

我还有很多梦，我希望有一天我能去远方，在无边的大漠上看星星。听人说在那片星空下，你会觉得星星离你那么近，近得好像你可以把它们摘下来，把梦想挂上去。我希望会有一个我爱的人，陪我一起走向那么远的地方。

我当然希望有一栋属于自己的房子，我已经梦想着要怎么装饰它。卧室的天花板上要画成星空，卫生间要用3D彩绘做成一片海洋。但是我更希望我的房子是我跟我的爱人一起合力实现的，要掌控自己的未来，就一定要自己构筑灵魂的居所。接受馈赠多多少少都有风险，期待别人为你的人生投资，你就成为不了自己的股东，你就变得有责任为投资人书写一些你并不那么心甘情愿去走的人生。

爱情和婚姻，本身就是一段有风险的赌注，所以那些算计本身是没有什么实际意义的，因为赌注一旦失败，不论你赢得了多少财产，你都惨烈地输了。房子和车子无法带来安全感，你会害怕是因为你把本来该自己创造的无限可能交给了对方，你也不知道你将被带去何方。

糖糖看到我写这一段，嗤之以鼻地说："一无所有，拿什么结婚？"

我不想争辩。一个做出错误选择的人最可怕的，不是她自以为掌控着真理，而是她以为她积攒的是多少人血泪交织的经验。

但我必须得说一句，没有谁的婚姻是从一无所有开始的。至少，你们还有能书写明天的手，和相伴到老的心。如果缺少一套房子、一台车，你们就过不好日子，我想，还真的是先不要结婚的好，因为你根本就没有能力在一个小家庭里扮演至关重要的那百分之五十，你只不过是把喂养自己的责任推卸给了对方。

给别人一个为你付出的机会，不仅你得到了一份礼物，他也得到了一份来自于你的信赖。那样他会更加快乐与自信。

舍得让你爱的人付出

苏菁菁经常想起电视剧《蜗居》开篇时候的桥段：海藻拉着小贝逛街，一路上逛过那些女孩儿做梦都想拥有但却又昂贵得有些吓人的店铺，小贝催海藻进去看看，海藻拉着他的手就跑。最后，小贝还是执意给海藻买了一个哈根达斯的草莓球。

每当看到这一段，苏菁菁就觉得演得是她跟前男友顾俊的生活。

苏菁菁和顾俊的家境都算殷实，上大学的时候，两个人的生活费也一直很宽裕，所以隔三差五他们都要去各种主题餐厅撮一顿，每个假期也总是要到处旅游一番。但是工作之后，那种浪漫的情调就好像迅速地蒸发了。

其实，两个人的收入足够应付日常开销，只是一想到将来结婚、装修、旅行都是一大笔钱，而工作之后不好意思再向父母开口，他们的用度也就格外地精打细算。顾俊有时候很心疼苏菁菁，他知道苏菁菁挑食、嘴刁，最喜欢环境优雅又充满乐趣的就餐环境，所以到了周末他就尽可能地把苏菁菁拖出去好好吃个饭，可是苏菁菁总是以各种理由拒绝：等翻台的人太多了；今天肠胃不舒服了；这一家上大学的时候已经吃腻了……如果顾俊坚持要在外面吃，苏菁菁就拖着他一起去吃米线。

顾俊看着油腻腻的桌台和拥挤的人群，心里有说不出的烦躁，他问苏菁菁："你以前不是常说，吃一次米线就等于吃掉一打塑料袋？"

苏菁菁哧溜哧溜地吃着，表现出在品尝绝世美味的样子说："偶尔吃一次这个也挺好。"

顾俊不说话，气呼呼地不想吃。苏菁菁放下碗，握着顾俊的手认真地说："老公，你一直都是电子产品控，可是这半年你好像一件物品都没有添置了。每一次我看着你那么认真地省钱，我知道这是为了我们的未来，我就觉得多花你一分钱都很罪恶。我很愿意像现在这样，真的。"

顾俊心疼地摸摸苏菁菁的脸，叹了口气，可是那碗米线他终究也是没有心情吃。

吃完饭，顾俊牵着苏菁菁的手在商场里逛起来。这家商场有几个展厅是苏菁菁曾经的最爱，但毕业以后她就没有勇气进去过。大学时，苏菁菁的衣柜里挂的都是那几个牌子的衣服，有些到现在连标签都没有剪掉就闲置在那里；可是现在，每一张标签都让苏菁菁觉得肉疼。路过那些展厅，如果实在控制不住心动，苏菁菁就暗自盘算，那些价格加起来等于几平方米的卫生间或者厨房，她就能强迫自己闭上眼睛快点走过去。

但是今天，顾俊拉着苏菁菁的手朝展厅里走去。苏菁菁下意识地想抽回手，却感觉顾俊拽她拽得更紧了一些。顾俊的脸色从吃饭时候就一直阴着，苏菁菁不敢多说话，只好任由着他把自己拖进去。

顾俊的眼光一向很好，很快就帮苏菁菁相中了一条裙子，他微笑着示意她去试试。说实话，苏菁菁也很喜欢，她腰身纤细，双腿修长，是典型的衣服架子，这件衣服单看一眼就能想到穿在她身上有多么美。

“试试吧。”苏菁菁心里痒痒的，“试试又不花钱。我暂时都把你们存在这里，总有一天，要像以前那样把你们都买回来。”

苏菁菁穿着裙子站在顾俊面前的时候，她能明显地看出来，顾俊脸上的阴郁一扫而光，眼睛里闪烁着惊艳的光芒。大学里他们第一次在朋友聚会上遇到，顾俊就是这么看自己的，那种带着赞美和欣赏的眼光，苏菁菁永生难忘。

苏菁菁得意地在顾俊面前转了个圈，像仙女一样发梢起舞、裙摆飞扬：“怎么样，你媳妇儿美不美？你自己说，还有谁的身材能比你媳妇儿的更火辣？”

顾俊呆看了一会儿，笑得合不拢嘴：“美死了媳妇儿，这裙子简直是为你量身定做的！服务员，麻烦帮我开单子，我刷卡。”

“喂！”苏菁菁看着服务员的背影拽住顾俊的手说，“老公你疯了！你知道这裙子多少钱吗？三千块啊，都是我一半的工资了！”

“三千块算什么，我老婆的身材穿再添两个零的衣服都是理所应当。”顾俊一边掏卡一边笑着说。

“我试试就好了，我不要！”

顾俊没有理她，跟着服务员去刷卡。苏菁菁抓住顾俊的衣角：“老公老公，夏天已经快过去了，这条裙子没什么机会穿了；而且你看，裙摆也太短了一些，我现在工作了，不适合穿这么短的裙子；而且看上去也没有那么好看吧……你不是说我身材好穿什么都好看吗？相信你老婆，地摊货都能穿出专柜味道！”

顾俊刮了一下苏菁菁的鼻子说：“今天咱们就奢侈一把，老公送你的礼物！”

苏菁菁还想说什么，已经看出端倪的导购小姐忙不迭地把小票开了出来：“先生，请跟我来这边刷卡。”她又看了一眼苏菁菁，由衷地说：“小姐您真幸福，有这么爱您的老公。您不知道，来我们家消费的顾客，很多都是女孩子想买，男孩子嫌贵死活不肯掏钱，像您先生这样干脆大方的，真是不多呢！”

“我们不要了，不好意思啊。”苏菁菁一把抢过顾俊的卡，跑进试衣间把衣服换了下来，拉着顾俊飞快地跑出了展厅。

“你干什么？！”顾俊甩开苏菁菁的手大声说，“苏菁菁你说实话，你是真的不喜欢那条裙子，还是嫌贵不舍得买？”

苏菁菁的脸跑出一圈红晕，她讨好地把头依偎在顾俊肩上说：“咱们没有必要这么奢侈啊，老公你有这份心，我就已经很感动了。”

顾俊扶正苏菁菁的身体认真地说：“苏菁菁，节约确实是一种美德，我也一直很感恩，我的老婆从来都不是物质的女孩儿，她消费得起奢侈品，也愿意跟我吃大排档；可是你明白吗，有的时候送你一件奢侈的礼物，不仅仅为了让你快乐，也是让我自己心安，看你穿上我买的裙子在同事面前炫耀，对我来说也是一种莫大的犒赏。你知不知道刚才服务小姐夸赞我的时候，我的心里感到多么痛快。我的女人不接受我的礼物，一次两次，我觉得她是替我省钱，可是时间久了，我会觉得她分明是对我没有信心，因为她不相信我能挣更多钱，能给她想要的生活，所以她才会通过拼命克扣自己的欲望来抚慰我的自尊心。但是这根本就只能让我觉得自己无能而已！”

顾俊一口气说完这些话，头也不回地往前走，留下苏菁菁红着眼睛站在原地。

这样的事，以前也有过。

苏菁菁想起刚毕业的时候，有一天两个人看完晚场电影出来，已经是深夜了。苏菁菁爱美，只穿了一条露肩膀的洋装，踩着八公分的高跟鞋。

这些白天让她看起来光彩耀人的装扮，现在却折磨得她苦不堪言。双脚已经被鞋子磨得又肿又疼，夜风吹得她打了个冷战，苏菁菁觉得自己每走一步都像走在刀尖上。

顾俊看到了瑟瑟发抖又踉踉跄跄的苏菁菁，他脱下外套披在苏菁菁身上，作势就要把她背起来。

“哎呀别！”苏菁菁跳起来把衣服还给顾俊，“你里面就剩个背心了，不冷才怪，你自己穿，没两步就到家了呢。”

“男子汉火力足，不怕冷！”顾俊作势又要背苏菁菁，“再说了，把你背在背上，我出一身汗不就不冷了吗？”

“不要不要，我自己能走！”苏菁菁又一次推开了顾俊。

让顾俊背着自己走那么远的路，他怎么会不累呢？让他脱了衣服给自己穿，他怎么能不冷呢？别说让他做这些，就连让顾俊帮自己拎包，苏菁菁都觉得不忍心。

顾俊不由分说地把苏菁菁背在背上。

“哎呀顾俊，好了好了别闹了……你快放我下来，快放下来！”才走了几步，苏菁菁就捶着顾俊的肩膀，像一条滑腻的泥鳅顺着他的背自己往下滑。

顾俊叹了口气，把苏菁菁放在地上。

“苏菁菁，你还真是不解风情！将来会有一天，你老得走不动了，我也老得背不动你了，我们还能想起来有一个夏天的晚上，晚风这么吹着，我背着你一路背回家，这是多浪漫的回忆！”顾俊说。

苏菁菁当然是个好女孩。她应该是我遇到过的最知道心疼自己老公的那一类女生。

可是，“知道心疼”不等于“懂得心疼”。

我当然不是说每个女孩都应该任性刁蛮，像野蛮女友一样把男朋友折磨得死去活来；但是在我们周围，很多女孩子像苏菁菁一样，她们对男朋友是真爱，爱到只想为对方付出，连接受对方一点小小的回报都会觉得不安和罪恶。

于是我想奉劝你也给对方一些疼爱你的机会。你要知道，爱是相互的，那意味着彼此都为对方付出。你为对方着想，固然能让对方感激；但有的时候，你也应该允许他为你全心全意地付出一次。尽管那种付出在你看来有些奢侈、有些心疼，但你也应该给对方一个机会，因为让你快乐也是对方最大的快乐。

爱是风雨同舟，所以你千万不要以为把狂风暴雨留给自己、把风和日丽让给对方才是最好的表达爱的方式。那个人躲在温室里眼睁睁看着你在甲板上风雨飘摇，对他来说更心疼。无私和自私的距离有时候就这么短，你不是不够好，你是因为太好，所以才把事情搞坏。

你要舍得让你爱的那个人为你吃一些苦、做一些付出，哪怕你觉得，少穿一件漂亮衣服、少吃一顿珍馐美食也不算什么，可是如果对方就是想为你破费一把，还是不要扫他的兴吧。当他看到你因为被他宠爱而露出一脸灿烂，会因此变得更加自信。

你需要让你的爱人学会感恩，也需要适时给他一些自信。

番外篇

我很希望，你跟我一样

从我开始在社交网站上写文章起，陆陆续续收到一些读者的私信和留言，给我讲述她们的故事并征求我的建议。

我基本上都会倾听。她们之所以愿意跟我讲，是想找一个相对隐私又互相开放的空间来排遣压力。我作为一个听故事的人，不能只会说“谢谢你的故事”，还需要再说点什么才行。坦白地说，在我这个写文章都常常推翻自己观点的年纪，对一些事情的看法是会伴随经历不断改变的，我无法给你一个确定的答案。求人不如求己。你要放下对过去的执念，击碎对前任毫无意义的留恋，你要与自己倔强的记忆力对抗，要与那个楚楚可怜又着实可恨的自己决裂。这一切的一切，都需要你跟自己死磕。

也许，这就是我写这些故事的意义。有时候，消除疼痛的方式不是遍访名医，而是将你信任的那个人的药方记在心里，小火慢炖，日夜烹煮。我希望成为那个值得你信任的人。

因为我跟你一样，经历过暗夜里无数次的痛哭，但我不会对爱情绝望。

这本书已经到了最后，我要再讲一个故事给你听：

2015年元旦，她跟往常任何一年一样，在朋友圈里写下新一年的愿景。她写道：

希望家人和自己健康平安，因为我们需要彼此陪伴；

希望自己保持步调，更勇敢、更豁达，少点草木皆兵，少点一触即发；

希望今年不被感情打扰。好的爱情、坏的爱情，对的人、错的人，统统不想遇到。希望今年身体健康、事业兴旺、爱情荒芜，我要不被打扰地奋力前行。

她没有故作矫情，因为那时的她，内心堆放着刀枪不入的盾牌。寂寞是有的，尤其在电影落幕或者宴席散场的时候，她跟在那些紧握的手和纠缠的臂弯背后，无法不介意自己仍然是孤身一人。可是说实话，她又有些享受独身的过程。就像刚刚经历一场摧枯拉朽的海啸，坐在一片狼藉的海滩上，你会觉得这种四野寂静的幸存感特别安全。

然而就在一个多月后，情人节的前一天，他对她说，让我做你的英雄好吗？

她毫不犹豫地说了一句，好。

这个人并不是从天而降地空投进她的生活里的。

仔细算来，认识已有十几年。

初见，两个人还是戴着红领巾的小小少年，她是班长，他是体委，最大的交集是他们是同一个班的班干部，参加过同一场诗歌朗诵比赛。朗诵的篇章叫做《敬礼，祖国妈妈》：

“——莫要说，你才十岁啊，没有什么经历。”

“——不，不，我有啊，有难忘的回忆……”

这就是小学时候两个人共同的难忘回忆了。他们间的对话屈指可数，关系寡淡得就像你孩童记忆里任何一个记得面目却不是朋友的旧相识。

后来，他们升入同一所初中，有很多共同好友却唯独彼此不算好友。直到中学快毕业，才借着朋友攒的局一起出去玩了一次。她记得那天，她在家里睡得迷迷糊糊，接到朋友电话没有多想，穿着凉拖就跑了出去。结果，几个人商量去爬山，一群叛逆的小孩还故意逃了门票，从树林和岩石里开山辟路、赤手空拳地往上爬。他一个人在最前面爬得飞快，猴子一样灵活地从一块石头跳到另一块，她小心翼翼地躲闪着滑落的碎石，踉踉跄跄无法保持平衡，他也没有拉她一把。烂漫地到夕阳西下，她心中升腾起一万只草泥马，他回头望了她一眼，特别真诚地笑着说：“你的拖鞋质量真好，哪里买的？”

他们就这样保持着疏远。他们在彼此的 QQ 和微信里躺了很多年，久到已经习惯了刷屏时时常能看到对方的消息，却记不起来是什么时候、以什么方式成为好友的。就好像彼此是对方社交软件绑定的自带程序，从未刻意添加，也无法彻底删除。不会联络，也不特别关注。

就这样过了很多年。一些形影不离的朋友因为升学、就业慢慢疏离失散了，杳无音讯再没有联系，可是他们俩依然静静躺在彼此的通讯录里，每天刷屏的时候都能知道对方的消息，彼此都卖力地生活、念书、工作、恋爱，他们从未说话，却变成了老朋友。

阴错阳差，有一天他忽然叩响了她的 QQ，莫名其妙又唐突地跟她说："认识这么多年了，我觉得你现在这个恋爱的状态不对，你需要的是一个……"

"我跟他分开了。就在今天。"她说。

他说："我本来想提醒你，以我对你的了解。还是晚了一步。那就不说了。"

大概就从那天，他们开始有了只言片语的互动。她写一段状态，偶尔他会评论一句，然后问她："你想掉眼泪吗？"

"不想啊。"

然后就一直到了 2015 年情人节前夕，结局我写在了开头。

他说他并没有看到过年初时候她写的状态，如果看到，也许他们就赶不上 2015 年的情人节。

这个故事，是我的故事。

现在我很幸福。

这个故事，算是这本书的番外篇。

之前我说，我永生不会对爱情绝望。所以上天也没有让我失望，他给了我最好的结果。如果你跟我一样抱定这样的信念，愿意耐心地等待，我们就一定有美好的结局。

也许你到了某一个年纪，突然发现生活里缺少一个能共度余生的人，因此你心急如焚；你敏锐地观察着周边每一个接触对象，渐渐地不再排斥相亲；你不是害怕找不到伴侣，而是害怕周遭人的眼神，怕他们觉得你不正常。

我也不知道你是不是开始对爱情失去信仰。你最初期待过一个风度翩翩的王子，为你穿上水晶鞋，邀请你在万众瞩目里跳一支舞，直到你发现所有的王子都已经迎娶了新娘；你又开始期待一位骑士，在你兵荒马乱的年华里披荆斩棘来到你的城楼下，然而你举目四望，狼烟四起，并没有骑士。你觉得随着生活城市、工作圈子的固定，你不太有机会接触更多人，看到更多风景，你开始担心你此生都找不到他，因为你不能再走更远的路。

所以我想告诉你，爱情，有时候在远方，有时候在故乡。有时候惊心动魄，有时候平淡无奇。但只要它属于你，总会与你相遇，只要你不绝望。爱情从不有备而来，它总是猝不及防，无论理智拒绝多少次，你都会无法控制地在感觉对的时候，毫不犹豫地答应。

月老会百折不挠地安排你们相见，他让你们一起完成一次朗诵，捧起冠军奖杯，哪怕你们并不记得那时候对方站在队伍的哪里；他会让你们一起出游，哪怕在最艰难困苦的那段路上，他并没有牵过你的手；他让你们见证对方一次又一次的成功与挫败，看着他倔强地说“不心疼”，你淡漠地说“不感动”。是啊，谁说所有青梅竹马的爱情都一定是你若不娶、我定不嫁？真正的缘分或许就是在一次次的彼此否定里得到印证。这也是一种爱情。

我用暗夜里的哭泣写出了这些故事，然后用故事告诉自己的道理找到了不再淋雨的天气。我很希望，你跟我一样。

图书在版编目（CIP）数据

来时不惧，去时无伤 / 徐温婕著. -- 北京 : 中国友谊出版公司，2015.8

ISBN 978-7-5057-3555-2

Ⅰ. ①来… Ⅱ. ①徐… Ⅲ. ①散文集－中国－当代 Ⅳ. ①I267

中国版本图书馆CIP数据核字(2015)第164224号

书名 **来时不惧，去时无伤**

作者 徐温婕

出版 中国友谊出版公司

发行 中国友谊出版公司

经销 新华书店

印刷 东莞市信誉印刷有限公司

规格 880×1230毫米 32开

9印张 180千字

版次 2015年8月第1版

印次 2015年8月第1次印刷

书号 ISBN 978-7-5057-3555-2

定价 36.00元

地址 北京市朝阳区西坝河南里17号楼

邮编 100028

电话 （010）64668676